Toulouse AZF

& La révolution française lumière

Carlos Xerfan

21 09 2001

Une bombe atomique mesurée explosée à 2,6 km d'AZF

Sites Internet

http://www.carlosxerfan.download/

http://livreazf.comuf.com/

Me contacter par e-mail.

livreazf@gmail.com

TOULOUSE AZF

&

LA RÉVOLUTION FRANÇAISE LUMIÈRE

D'après l'histoire vécue par

CARLOS XERFAN

Version française

Autoédition

PARIS - FRANCE

Œuvre enregistrée à la société de gens et lettres de France

Sous le numéro 2006.04.0279

ISBN 978-2-9530252-1-7

Carlos Xerfan

Lanceur d'alerte et enquêteur civil privé sur les diverses
explosions survenues dans la ville de Toulouse

le 21 septembre 2001.

INTRODUCTION

Déjà 15 ans de misères et de désarrois occasionnés par l'impressionnante catastrophe due aux différentes explosions survenues à Toulouse et aux alentours de la ville rose le matin du 21 septembre 2001. Les plus terrifiantes, qui ont donné des frissons aux Toulousains, sont celles réunies au pôle chimique au sud de la ville, unissant deux grandes usines Seveso, l'usine Azote Fertilisants (AZF) et la Société nationale des poudres et explosifs (SNPE).

Protégée par le secret-défense, la SNPE est une usine défendue par la préfecture de Haute-Garonne, représentante de l'État français dans ce département, contre toutes les erreurs de fonctionnement et de production liées à la fabrication de produits chimiques. À savoir que certains produits sont utilisés comme armes de guerre, aujourd'hui interdites par la communauté internationale, comme par exemple le gaz moutarde qui continue en effet à être fabriqué sur le territoire français. La SNPE fabrique aussi une grande quantité de produits hypertoniques et de carburants, dont les combustibles de fusées et de missiles utilisés par la France et vendus également à de multiples armées dans le monde.

L'enjeu de ce livre est donc plus qu'important.

En 2001, nommé par le Président Monsieur Jacques Chirac, l'administration préfectorale était représentée par le préfet Monsieur Humbert Fournier, aujourd'hui disparu de tous les supports médiatiques. Pourtant, en ce jour de catastrophe, cette administration n'a envoyé aucune note publique relatant la réalité des faits, dans un souci premier de maintenir un minimum d'ordre général. Par la suite, elle n'a pas tenu compte, malheureusement, du concours des témoins dans l'enquête de police qui relatent les différents faits perçus par chacun avant et après l'explosion du stock de nitrate d'ammonium rigide d'AZF.

Ce même préfet comme d'autres personnalités importantes, a considéré bien rapidement que l'origine de la catastrophe, ce jour inoubliable du 21 septembre 2001, ne pouvait provenir que de l'usine AZF alors qu'ils en connaissaient l'origine.

Les notes préfectorales relataient le danger du nuage chimique qui avait couvert la ville rose ce matin-là et le nombre de victimes, extrêmement minimisé au départ. Il a fallu attendre plusieurs années pour qu'enfin soient officialisés les nombres suivants : 31 morts et 2500 blessés… qui s'avèrent être encore loin de la réalité !

L'affaire n'arrête pas de faire couler de l'encre et ce, pendant 15 ans : les nouvelles informations arrivant au goutte à goutte, soulèvent à chaque fois de nouveaux débats médiatiques, les juges ne savent donc plus ce qui doit être jugé. Toujours est-il que les autorités de l'époque refusent de fournir leur concours pour la recherche de la vérité. Cause de leur refus, plusieurs jugements se sont avérés sans issue, malgré une instruction qui a perduré plus de 7 ans ! D'ailleurs, à aucun moment n'a été proposé un délai modéré. Le prochain jugement débutera le 24 janvier 2017, et sera exceptionnellement organisé par la plus haute cour d'appel du pays, soit à Paris.

Toutes les hypothèses à l'origine de la catastrophe ont été vérifiées officiellement et organisées de telle sorte à masquer la réalité. Les hypothèses qui culpabilisent l'État, les autorités et l'armée française, ont été négligées par le corps judiciaire toulousain chargé de faire toute la lumière sur cette affaire.

Ces hypothèses ont été minutieusement étudiées, une à une, par un petit groupe de civils soucieux de la faiblesse de la justice. Ils ont diffusé leurs études sur Internet à l'attention du grand public, qui ne sait plus qui et quoi croire, mais qui attend impatiemment la fin judiciaire de cette affaire, qui a fait en réalité plus de 50 morts et près de 10000 blessés.

Dans cet ouvrage, j'expose des informations non ou mal connues du grand public, parfois démesurées, mettant en lumière une réalité qui repose sur un seul document tenu au secret par les autorités. La justice n'a aucun pouvoir d'accès à ce document. Ainsi dans cet ouvrage j'y détaille les hypothèses les plus connues et les plus à même d'expliquer ce qu'il s'est réellement passé à Toulouse.

Je m'exprime sans crainte au sujet du sabotage des tests civils et militaires « sauvages » faisant usage de hautes technologies de défense nationale. Je mets en évidence l'utilisation d'une ogive nucléaire mesurée que les autorités françaises cachent sous le joug du silence, estampillée secret-défense, depuis le 21 septembre 2001.

À savoir que tout crime commis par un État contre sa population, même s'il est involontaire, est passible de poursuite auprès de la Cour Internationale de Justice, organe principal de l'ONU.

La Vème république se retrouve en échec et mat à tous les étages à cause de ce dossier et le but de cette œuvre est de convaincre l'actuel président de la République d'agir, délivrant ainsi la justice, afin de donner une chance nouvelle de croissance pour le pays. La grande question est de comprendre comment un tas de nitrate d'ammonium agricole rigide, entreposé dans le hangar 221 de l'usine AZF, a explosé subitement.

Depuis mars 2002, je me suis positionné comme enquêteur privé dans cette affaire, j'estime être victime d'une course technologique dans laquelle la France, l'Allemagne, la Suisse, et l'Union européenne englobant les pays membres en 2001, étaient en retard de plusieurs dizaines d'années, derrière les armées américaines et russes.

J'ai informé quelques journalistes devenus pour la plupart connus pour avoir écrit les résultats de leurs enquêtes, et… pas seulement.

Cet ouvrage permettra aux lecteurs d'avoir une vision plus précise de l'affaire, que ce soit politique, sociale, économique ; toute la chaine de répercussions occasionnées par ce qui s'est passé et dans quel but de justice. Dans un ensemble de révélations et d'accusations lourdes, mais de bons sens.

Vu qu'il s'agit d'une affaire délicate, d'une investigation minutieuse, dangereuse, et humaine, il est conseillé pour une lecture plus agréable, que le lecteur s'investisse dans une observation approfondie aux diverses images qui figurent dans ce livre. Ceci permettra au lecteur de réveiller ses sens... pour comprendre pourquoi tout au long de cette lecture, les histoires atterrissent de nulle part pour n'en faire qu'une, dans un ensemble de messages importants pour le rassemblement corporatif, que j'ai nommé : La révolution française lumière.

En lisant cet ouvrage, vous partagerez de grands frissons, n'en soyez pas étonné(e).

Sommaire

UNE PENSÉE DE SURVIE

Parfois la vie nous propose des moments inattendus et se compose de situations qui nous sont étranges, comme on dit le plus souvent, « *bizarres* ».

Parfois, et plus rarement encore, la vie peut nous proposer des situations étranges et étrangères à la fois ; dans ce cas, les étapes sont souvent longues et douloureuses.

Mais pour connaître la vérité, il faut survivre et lutter afin de défendre sa conviction.

Je pense que tous les êtres humains ont le droit d'être informés des manœuvres d'essais électromagnétiques qui se déroulent dans le monde. **Même lesdits secrets-défense.**

Cette énergie invisible est utilisée en divers domaines par les grandes nations, principalement dans le domaine de la défense militaire aérienne.

Elle est gravement nuisible à la santé de toutes les formes de vie sur Terre, et bafoue tous les articles de la Déclaration des Droits de l'Homme et du Citoyen.

Il est temps de réécrire cette Déclaration, cette fois-ci engageant d'autres grandes nations à participer à son élaboration, afin d'ajouter de nouveaux articles appropriés à notre monde moderne, pour améliorer l'idée générale du respect des quatre règnes, minéral, végétal, animal et humain.

Avant que la technologie ne détruise notre civilisation.

La liberté de connaître la vérité, pour appliquer les bons sens de Vie, ensemble.

Fin d'une pensée.

Compulser la vérité des tirs micro-ondes secrets en date du 21 septembre 2001 à Toulouse. (Lettre envoyée aux élus de tous bords, français et européens - Avril 2011).

Mesdames, Messieurs, Élu(e)s,

J'attire votre attention, afin de vous faire part d'un message qui n'a rien à voir avec une menace, sauf si pour certains, il est considéré comme menaçant. Dans ce cas, celui et celle qui se sentiront inquiétés, seront conviés à une invitation face au tribunal compétent.

Je serai prêt à me défendre.

Je voudrais d'abord exprimer mon point de vue quant à la situation du scénario politique français et européen.

En ce qui concerne la France, ce si beau pays qui depuis déjà une vingtaine d'années est abîmé par une politique générale de l'autruche, la seule politique visible existante dans ce pays est celle du dépouillement financier de la population, marqué par l'exclusion, la pauvreté qui s'installe, le chômage, la fermeture de milliers de PME familiales surtout depuis les dernières années de crise mondiale, ainsi que l'oppression.

Ce si beau pays a quasiment perdu son âme, âme qui a inspiré par ailleurs diverses démocraties dans le monde.

Les hommes d'une autre époque se sont toujours organisés pour créer un contre-pouvoir, ce qui allait dans le bon sens.

Ainsi, la France a vécu ses années les plus glorieuses dans la modernisation de son réseau ferroviaire qui a atteint les endroits les plus distants. Ce fut ainsi que la France a développé l'industrie de l'acier, du charbon, elle a amélioré son réseau fluvial, son agriculture et l'élevage des animaux. C'était l'époque de la valorisation du travail manuel.

Le pire des crimes est celui auquel la justice participe sciemment en acceptant qu'ils soient commis en son nom et en restant sourde et aveugle aux cris et aux appels de détresse des citoyens innocents, qu'elle a injustement incarcérés. Histoire que j'ai vécue.

La France est en crise depuis plusieurs années et ce n'est que ces temps-ci que les divers pouvoirs et contre-pouvoirs admettent l'existence de cette crise.

À qui la faute ? Serait-ce peut-être la cause des décisions prises depuis plusieurs années ?

Je suis de ceux qui pensent que la faute vient des divers contre-pouvoirs qui ne jouent plus leur rôle, installant la politique du mensonge général afin de garantir soi-disant la paix, non seulement en France mais depuis peu en Europe.

CARLOS XERFAN

Un pays, que ce soit la France ou un autre, sans contre-pouvoir, est un pays faible ; faible d'idées, faible de courage, faible d'intelligence, faible d'initiatives, oubliant ses devoirs et son plaisir de vivre. Ainsi, par leurs faiblesses, les dirigeants se retrouvent forts d'arrogance, d'incapacité de mener à bien les intérêts de la population, donc du pays. Développant en conséquence des armes de défense contre-productives.

Cela ne m'amuse en rien de vous écrire cette lettre, je dirais même que par votre choix, votre irresponsabilité, vous êtes en train d'amener la France vers un point de non-retour.

Continuez si cela vous plaît mais sachez que cette fois-ci, vous serez les seuls à en assumer les conséquences. Si vous tolérez que ce pays tombe dans la misère totale, n'entraînez pas d'autres pays comme vous l'avez déjà fait par le passé. Le Brésil par exemple. **Savez-vous pourquoi ?**

Le Brésil qui vivait sous un régime militaire a pourtant réussi à opérer un changement. La population vivait une situation quasiment semblable à celle que vit le peuple français aujourd'hui, à savoir : l'autoritarisme, l'injustice généralisée, l'exclusion, la raréfaction de l'information, l'oppression, la destruction volontaire des institutions... Il ne s'agissait plus de vigilance citoyenne, il s'agissait d'aposter un vigile derrière chaque citoyen.

Cela s'appelle le fascisme.

- Toulouse AZF & La révolution française lumière - Page 15

CARLOS XERFAN

Les services secrets brésiliens, par exemple, étaient utilisés en partie pour effacer dans la population, les citoyens responsables dont le désir était de changer une terrible situation qui semblait pourtant immuable et conçue par les dirigeants eux-mêmes.

Comme d'autres pays, le Brésil s'est inspiré en grande partie de l'organisation du fonctionnement républicain français, avec une volonté plus affirmée du respect de l'être humain.

Ces temps-ci, on débat de la mise en place d'un nouveau mode de fonctionnement judiciaire, copiant ainsi la structure même du système existant en France, mettant en évidence ses failles et en les corrigeant.

Même au temps où ce pays vivait sous le régime militaire, les thèmes présentés dans les écoles de samba pendant les défilés du carnaval faisaient montre des revendications que le peuple se trouvait malgré tout en droit d'exprimer.

Éternelles revendications, portant sur les sujets : de justice, de politique et de démocratie.

Les médias brésiliens ainsi que la population se sont réjouis que les messages soient entendus par le corps politique et cela a créé la paix. Un peuple libre, par nature, n'a pas peur du changement.

Malheureusement, nous assistons en France exactement au phénomène inverse. Aujourd'hui, lorsque les médias font état de revendications populaires par le biais des manifestations, on sait qu'ils filment un carnaval et non pas la manifestation d'un malaise social profond.

Évidemment, lorsqu'il s'agit d'autres pays, la réalité est montrée sous un tout autre angle : il s'agit d'émeutes, de troubles de l'ordre public et de dysfonctionnements démocratiques.

Les médias français veulent nous faire croire que la France est un paradis et qu'ailleurs c'est l'enfer. Ainsi les Français sont au courant de la grande misère du monde extérieur mais sont maintenus dans l'ignorance de leur misère propre.

La liberté, c'est aussi d'être informé sans manipulation.

Un journaliste est un colporteur d'informations dont la mission est de transmettre sans transfigurer. A la suite de quoi, le citoyen est en devoir d'analyser l'information reçue et dès lors, d'en concevoir l'opinion qu'il est libre d'avoir.

Il est évident qu'en France, tout journaliste qui obéirait à cette règle se retrouverait tôt au tard au chômage. Il s'agit d'un concept que je nommerais la « ***mythomanie des groupes*** ».

Ceux qui vivent en France sont sous le joug de cette fausse réalité. Il est plus facile pour un Français d'attendre qu'une vérité apparaisse dans 30 ans plutôt que de lutter pour la reconnaître aujourd'hui. Comme exemple fort, parlons donc de ce qui s'est passé à Toulouse le 21 septembre 2001.

Lorsque j'ai rencontré Monsieur Jean-Louis Debré à Paris (Président de l'Assemblée Nationale), il m'a assuré que j'étais un fou de continuer à parler du sujet de l'usine AZF (Azote Fertilisants), il m'a bien fait comprendre que je risquais ma vie. Selon lui, le meilleur pour moi eût été de rentrer le plus rapidement possible dans mon pays, le Brésil. Imaginez-vous ce que j'ai ressenti, moi qui avais besoin d'être rassuré et protégé.

Par la suite, j'ai eu le privilège de discuter avec Monsieur le député Noël Mamère au sujet d'AZF. Ce jour-là, il était présent sur la place de l'Hôtel de Ville à Paris à l'occasion d'une manifestation concernant les prisons françaises mais, après notre brève conversation, il s'est évaporé sur son vélo.

Plus tard, je dînais en compagnie de Madame et Monsieur le sénateur Philippe Dominati et j'abordais à nouveau le sujet d'AZF. Quelle ne fut pas ma surprise de voir Monsieur Dominati quitter la table, me laissant seul avec son épouse.

Nous avons évoqué ce soir-là la question des deux explosions.

Il apparut au cours de notre conversation que plusieurs élus, sénateurs, députés et maires avaient effectivement eu un doute quant au drame d'AZF, alertés, non seulement par moi, mais aussi par divers scientifiques engagés bénévolement pour la plupart. Il est évident que deux explosions ont bien eu lieu à Toulouse.

Divers rapports font état d'une explosion souterraine sous la colline de Pech David dans une base militaire secrète.

Tous informés, et ils se sont tus.

Nous savons que l'explosion de l'usine AZF est la conséquence de divers essais de haute technologie secrète autorisés par Monsieur le Président Jacques Chirac concernant des expérimentations militaires de tirs micro-ondes sur la ville de Toulouse en date du 21 septembre 2001.

Tout cela est la conséquence de diverses causes opportunes qui ont créé le moment fatidique de la destruction de la tour dite de ''prilling''.

Dans cette tour était fabriqué un engrais agricole, le nitrate d'ammonium sous forme rigide, lui-même stocké dans le hangar 221, localisé à quelques mètres de la tour.

Aujourd'hui, la France se réjouit avec l'Allemagne de vendre le bouclier anti-missile européen, grâce en bonne partie aux essais militaires infligés aux Toulousains, motif naturel de l'omerta.

Trois causalités importantes, réunies au même moment, ont été à l'origine de l'explosion de la tour de "prilling" : **l'eau, l'électricité, et les micro-ondes**. Un système d'eau sous pression et souterrain, non répertorié dans le domaine public incluant la base secrète sous la colline de Pech David, a été rempli tout au long de la nuit qui a précédé les diverses explosions.

Cette eau était utilisée pour refroidir un puits d'essai de bombes, enfoui sous la colline.

Il va sans dire que la négligence qui confine au sabotage n'a jamais été observée, ici comme ailleurs. Il est impossible de concevoir qu'une telle négligence ne soit pas du sabotage.

Le réseau d'eau mis en service quelques heures avant l'explosion du hangar 221 avait des fuites, fuites qui ont traversé la dalle de ce dernier, provoquant une réaction dite d'intimité entre le stock, c'est-à-dire le nitrate d'ammonium, et l'eau.

Avant l'explosion du hangar, les alarmes de l'usine AZF se sont mises à fonctionner.

La réaction d'intimité a entraîné la dissolution du nitrate d'ammonium rigide en gaz, gaz de couleur grise, qui a été observé sur les toits du hangar au petit matin, vers 7h, sans que personne ne s'en inquiète.

CARLOS XERFAN

Inutile de préciser que ce gaz de nitrate est extrêmement explosif.

Lettre A : tour de "prilling", grande structure en acier. Lettre B : cratère du hangar 221, localisés à moins de 60 mètres de la tour de "prilling".

Quelques secondes avant 10h18 dans les entrailles de Pech David, une explosion artificielle de forte intensité a été créée dans le puits d'essai afin de transformer, à partir de l'inertie de cette explosion, une quantité géante d'énergie électrique expérimentale.

Celle-ci devait répondre à un effet souhaité de rétroactivité non encore vérifié par les autorités à ce jour. Une fois en surface, l'énergie était transformée à son tour en énergie micro-ondes puis projetée et récupérée on ne sait où.

Il s'agit de savoir qu'à ce moment précis et à cet endroit précis, il y a eu un mouvement sismique de 3,4 sur l'échelle de Richter.

Il en résulte que le dégagement d'énergie, subséquemment, a créé une « **cage de Faraday** » qui a occasionné un phénomène électromagnétique d'un ordre nouveau.

Dans la même seconde, un excédent voulu de l'énergie expérimentale produite dans le puits a été envoyé à la terre.

Au même moment, lorsque les appareils de la SNPE (Société nationale des poudres et explosifs) ont constaté un mouvement sismique sans précédent, le système de sécurité de l'usine s'est enclenché, ce qui a entraîné, d'une part, l'arrêt de toutes les activités de l'usine, et d'autre part, la mise à la terre de toute son énergie électrique.

On a donc deux quantités astronomiques d'énergie électrique qui arrivent à la terre en deux points distants d'environ 2,6 kilomètres.

Ces énergies électriques sont arrivées jusqu'aux structures métalliques de la tour de "prilling", qui a fait de cette tour un énorme condensateur électrique.

CARLOS XERFAN

Touché par un tir micro-ondes, cette tour explose.

L'explosion, amplifiée davantage par la présence du gaz de nitrate d'ammonium observé sur le toit du hangar 221, a été le détonateur du stock contenu dans ce hangar.

Le temps entre l'explosion de la tour et celle du hangar est d'environ une demi-seconde, ce qui donne l'impression qu'il s'agit d'une seule explosion.

En ce qui me concerne, je reste un citoyen du monde attentif à tous ces dysfonctionnements et dans tous les cas, je suis prêt à servir pour ce qui vaut de droit : l'écologie, la justice et le bon sens.

À ce jour, il existe qu'un seul document tenu à la discrétion du président de la République qui atteste de la véracité de mes propos. Il va sans dire que je reste un des rares dépositaires de cette information. On peut compulser ce document avec beaucoup de courage auprès des services secrets de l'armée française. Données sismiques enregistrées par la DAM (Direction des Applications Militaires) du CEA (Centre d'Énergie Atomique).

Bien, voilà mon message : voulez-vous m'aider à demander à Monsieur le Président Nicolas Sarkozy de dire si <**Oui**> ou <**Non**> il y a eu des essais micro-ondes à Toulouse en date du 21 septembre 2001 ?

Sachez que la France n'a rien fait d'extraordinaire en menant ces essais de manière secrète ; un autre pays aurait pu le faire. Justement, le danger est là.

J'accuse l'État français et son principal garant, la justice, d'avoir commis sur ma personne un rapt judiciaire, une exaction illégale, justifiée sans doute par l'originalité de mes démarches.

Au fond, la colline de Pech David et l'O.M.P. (Observatoire Midi-Pyrénées), la SNPE plus bas et au milieu. En A : la tour de "prilling", en anglais "spray-tower".

*PS : Je pense qu'il serait temps d'inscrire en lettres d'or sur le drapeau français ce qui par ailleurs se trouve déjà gravé sur le frontispice de toutes ses mairies, **Liberté - Égalité - Fraternité** et ce, dans le but que tout citoyen en âge de savoir lire, ne puisse jamais oublier les principes fondamentaux qui ont permis à ce beau pays d'avoir été et d'être ce qu'il est.*

Le pôle chimique d'AZF, la SNPE et Pech David.

A : cratère créé par l'explosion du hangar 221 d'AZF. B : brouillé, le site de la SNPE entre les bras de la Garonne. C : à côté d'un terrain agricole, les réservoirs d'eau de Pech David, proches de l'épicentre caché, qui a occasionné un mouvement sismique de 3,4 sur l'échelle de Richter.

Fin de la lettre.

NOTE IMPORTANTE

L'énergie électrique de la SNPE mise à la terre et l'énergie excessive créée par l'explosion souterraine, ont été attirées jusqu'aux diverses structures métalliques de l'usine AZF, et sa tour de "prilling". À son tour, touchée par un tir micro-ondes, la tour explose, faisant brûler le gaz de nitrate d'ammonium localisé sur le toit du hangar 221, occasionnant une montée de chaleur intense en moins d'une demi-seconde. **Ce qui a servi de détonateur du stock.**

CARLOS XERFAN

Ce **gaz a été la quatrième cause** de la détonation du stock de nitrate d'ammonium rigide entreposé dans le hangar 221 d'AZF de Toulouse. Ce même gaz était mélangé avec d'autres gaz, créés par la réaction d'intimité entre les produits chimiques des entrepôts voisins et l'eau.

Rappelons que cette eau, qui a conduit à l'inondation des dalles en béton d'une grande partie des bâtiments de l'usine AZF, provient des fuites du système d'eau non répertorié installé pour refroidir le puits d'essai. Malheureusement, et ceci est bien français, il fallait cacher l'origine de ces essais à tout prix. Je ne serais pas surpris d'apprendre que cette explosion souterraine du 21 septembre 2001, ne soit autre que d'origine nucléaire.

Pour moi, cela est justement la raison d'une telle omerta. De la même façon, je ne serais pas surpris que de telles installations militaires sous la colline de Pech David aient été enfouies par de grosses quantités de béton suite aux travaux effectués dans cette zone par la ville. De plus, je n'ai pas été surpris de la construction d'un cancéropôle rapidement après la catastrophe sur l'ancien site d'AZF, ce qui m'a fait penser au bon sens du Président Monsieur Jacques Chirac.

Toutes les instances, toutes les autorités françaises, ont tout fait pour cacher cette réalité, qui aura eu des conséquences terribles sur la vie de centaines de milliers de Toulousains.

Pour ma part, je suis convaincu que ces essais ont échoué **suite à un sabotage contre les intérêts de la France**. Il est d'ailleurs en grande partie observé dans le dossier judiciaire, dissimulé. Pour l'instant, peu importe l'origine de ces sabotages.

IL FAUT JUSTE ÉVITER LE PIRE.

Depuis plusieurs années, je manifeste mon devoir de forcer gentiment les trois derniers dirigeants de la France, Monsieur le Président Jacques Chirac, Monsieur le Président Nicolas Sarkozy, et maintenant Monsieur le Président François Hollande, d'apporter les données sismiques militaires dans le dossier judiciaire d'AZF. En effet, dans ce dossier, les parties les plus médiatisées, en particulier Total et les victimes d'AZF, n'ont jamais demandé ces enregistrements sismiques et ne veulent pas, malgré notre demande, qu'ils apparaissent dans l'instruction. Il coule de source que les uns protègent les autres afin que la vérité soit enterrée : si l'État est considéré coupable, personne ne sera indemnisé ; il est donc préférable pour les victimes que Total, propriétaire d'AZF depuis les années 2000, soit le bouc-émissaire de cette histoire. C'est là que l'on voit que l'intérêt n'est que financier, ce qui est humain !

Aucune autre instance que le président de la République, chef de l'armée, ne peut intervenir pour dire s'il y a eu, oui ou non, des tests militaires secrets, tout en apportant la preuve sismique, solennellement.

Je sais que beaucoup de personnes sont révoltées contre moi pour avoir ouvert le débat sur AZF et avoir mis en évidence l'occurrence de tels essais qui ont été filmés, mais sachez qu'il est de mon devoir d'empêcher que le mensonge règne.

Au fond, AZF et sa tour rouge et blanche. La SNPE au milieu et sa tour proche de la colline de Pech David. En bas de la colline, une forêt qui dissimule une base secrète, initialement allemande.

Ceux qui se sentent concernés pour m'aider le feront en comprenant que je suis un citoyen courageux, et l'acte est incontestablement héroïque : comme un David, j'ai vaincu Goliath ! En effet, heureusement que j'ai vu les malheurs arriver de loin pour contrer les supercheries du système qui m'avaient été infligées afin d'empêcher mon témoignage.

Certaines histoires ont été créées de toute pièce afin de limiter mes actions, dont les répercussions ont pu toucher la population entière, des histoires crétines et réelles dont j'ai franchi les étapes dans un grand appauvrissement, au nom de la riche vérité.

Je suis devenu un homme libre.

J'ai eu tout au long de l'incroyable journée du 4ème anniversaire de l'explosion de l'usine AZF, l'opportunité de manifester seul, avec une banderole, devant les chaînes de télévision et radios à Paris, France Télévision, TF1, Canal Plus, la Maison de la Radio, pour ne citer qu'elles.

J'ai eu la chance devant France Télévision de pouvoir rester un quart d'heure avant de me faire déloger par la police nationale.

J'ai eu moins de chance avec les autres parce que la police m'a coursé sans pour autant m'arrêter. Ma journée a été ce jour-là plus que mouvementée. Par chance, j'ai réussi à passer cette journée en un seul morceau, et par la suite, j'ai apposé cette banderole sur la façade de mon logement, 23 rue du Bourg Tibourg, Paris 4e, à 200 mètres de l'Hôtel de Ville. Nous étions en septembre 2005.

Cette banderole sera finalement enlevée par les pompiers de la ville en mai 2006, pendant mon absence d'un mois pour un voyage au Brésil. **Je n'en ai pas été surpris.**

Banderole d'alerte dans le quartier Le Marais à Paris.

Toulouse A.Z.F. Des essais électromagnétiques militaires
que l'État couvre depuis le 21/09/2001.

Par la suite, en 2007, j'ai tenté d'accoster certains candidats à la présidentielle, les plus médiatisés à la place suprême 20 jours avant la campagne électorale, pour les informer des manœuvres secrètes militaires mises à partie dans l'explosion d'AZF. Mon intention était de permettre l'ouverture d'un débat sur ce sujet fort délicat afin que les investigations nécessaires soient établies auprès du CEA militaire, ce qui permettrait d'établir la vérité concernant ces essais. D'aucun n'ont porté attention à mes propos, à part Monsieur François Bayrou qui a avoué ne pas savoir, et seul Monsieur José Bové est reparti avec le dossier que nous avions constitué à l'époque prouvant l'occurrence d'une explosion forte, profonde, et souterraine, pour des tests militaires sauvages, explosion localisée sous la colline de Pech David.

Cette journée n'a donc permis aucune avancée concrète concernant la mise en place d'un débat, mais j'ai continué cette investigation tout en sachant que faire la lumière sur l'affaire AZF allait prendre des années, si notre travail arrive un jour à être reconnu.

Plus j'insisterai et plus le « *monde* » insistera.

À **savoir** ! Que depuis l'explosion d'AZF, les différents gouvernements en place ont vécu et continuent à vivre divers chantages de la part des instances françaises, européennes et mondiales informées de l'existence d'une **bombe atomique** cachée.

Ma déduction est que les technocrates européens ont obligé et obligent le Président français à voter des réformes absurdes, antidémocratiques et esclavagistes jusqu'à l'effondrement de la France. Leur but est de construire une Europe contrôlée par l'Allemagne à cause, ou plutôt grâce au maintien de l'omerta concernant les essais militaires à Toulouse.

Je conseille vivement que le secret-défense soit levé afin que la France retrouve son libre-arbitre et qu'elle ne soit plus la victime de la mauvaise décision d'avoir accordé l'exécution de tels essais militaires à Toulouse, prise par le Président en place, Monsieur Jacques Chirac.

D'après moi, il est impossible de continuer à cacher la réalité de ces tests secrets ainsi que leurs conséquences diplomatiques. En effet, nous avons réussi à mettre la main sur un film amateur effectué à 2,8 km du site, montrant des projectiles traversant l'incendie d'AZF, 4 minutes après l'explosion.

Les différentes grandes cours auprès du palais de justice de Paris, ont été les premiers à recevoir une copie numérisée de ce film amateur qui est d'excellente qualité, ceci avant la décision de rapatriement de l'affaire AZF qui sera jugée.

Dans une situation d'échec et mat causée par un mensonge, qui mène le pays et le monde vers un désastre encore plus important, je fais appel à la vérité, parce que je suis plus que certain que cette vérité est une fine chance qui ouvrira le seul chemin qui ramènera la paix et la croissance économique…, mondiale, et pour longtemps.

"IT'S NOT A FAKE"

CARLOS XERFAN

Je présente ci-après des images inédites tirées de ce film où l'on peut aisément identifier des blocs de plasmas micro-ondes traversant l'incendie.

Plasmas utilisés aujourd'hui dans la défense spatiale européenne.

Ligne blanche représentant un bloc de plasma traversant le ciel de Toulouse, de droite vers la gauche, en date du 21 septembre 2001.

Je dénonce cette cagade depuis mars 2002

CARLOS XERFAN

À droite, la ligne blanche diminue : le bloc de plasma continue son trajet dirigé.

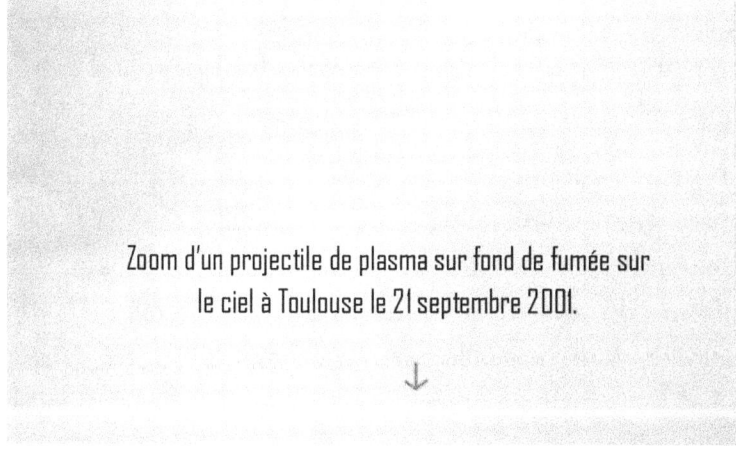

Zoom d'un projectile de plasma sur fond de fumée sur le ciel à Toulouse le 21 septembre 2001.

↓

- Toulouse AZF & La révolution française lumière - Page 35

Après la lecture de cet ouvrage, plus personne ne pourra douter de ce qui s'est passé à Toulouse le 21 septembre 2001, et de ce qui est attendu pour que la vérité soit officialisée.

J'ai conseillé les plus hautes autorités du sommet national d'assumer leurs responsabilités, et de compulser la réalité de Toulouse pour expliquer où se situait l'épicentre principal du 21 septembre 2001 en fournissant les documents sismiques militaires. Sans eux, les différents gouvernements et administrations continueront de tromper la justice française et le monde, induisant ainsi la méfiance générale et entérinant la vulnérabilité du pays.

Accusé, molesté et blanchi, je donne une vision globale des diverses évolutions et des répercussions de l'affaire AZF. Je lance un cri d'alerte vieux d'une dizaine d'années, énonçant des solutions qui fondent la séparation des pouvoirs pour le bon fonctionnement des institutions, ceci dans un ensemble d'accusations incontestables et irréprochables, pour l'ordre et l'union mondiale.

Entre autre, j'accuse l'ensemble des corps exécutif et législatif français, de diriger le pays à la dépouille nationale par le déchirement du peuple. En outre, les politiciens utilisent l'information des tests secrets du 21 septembre 2001 à Toulouse, pour brader le pays à quelques lobbyistes dans une idée de mondialisation, fragilisant l'État qui nous ment dès qu'un dirigeant commet une erreur grave de décision.

- Toulouse AZF & La révolution française lumière - Page 36

Je suis certain que le peuple français peut faire changer la donne en s'alliant avec intelligence et avec cœur, dans l'apaisement, pour éviter que ce pays s'effondre.

Pour avancer cette affirmation, je me suis basé sur les résultats de mes expériences.

Si j'ai réussi à outrepasser les pires étapes qu'un citoyen vivant sur le sol français peut franchir pour mettre en lumière la partie secrète concernant les diverses explosions à Toulouse, je pourrais donner à tous mon secret de réussite afin de calmer les esprits de ceux qui souhaitent une nouvelle révolution.

Je suis loin d'être le seul à contester la notion de secret-défense dans le dossier judiciaire AZF alors que les autorités de l'époque s'étaient engagées pour que toute la lumière soit faite sur ce qui est arrivé réellement.

J'espère réussir à vous présenter de manière concrète les effets précurseurs de l'explosion de l'usine AZF, peu diffusés par l'AFP (Agence France Presse) et les médias nationaux.

Il faut savoir qu'en ce jour de catastrophe industrielle, pendant que les Toulousains comptaient leurs morts et leurs blessés, les responsables du gouvernement français à Bruxelles, Monsieur Jacques Chirac, président de la République et Monsieur Lionel Jospin, Premier ministre, ont évoqué solennellement que les enquêteurs s'orientaient dans la direction d'un accident.

De ce fait, trois jours après de telles affirmations, une plainte contre X a été administrée par le procureur général de Toulouse en date du 24 septembre 2001.

Les chefs d'accusation sont : homicides involontaires, destructions, dégradations ou détériorations involontaires de biens appartenant à autrui par effet d'un incendie ou d'une explosion, en raison d'une violation, manifestement délibérée d'une obligation particulière de sécurité ou de prudence prévue par la loi ou le règlement.

Faits commis à Toulouse le 21 septembre 2001.

Prévus et réprimés par les articles 221-6 alinéas 1 et 2. 221-7. 221-8. 221.10. 222-19 alinéas 1 et 2. 222.20. 222.21. 222-44. 222-46. 322-5 alinéas 1 et 2. 322-15 et 322-17 du Code de la procédure pénale.

Ce dossier épineux était d'abord administratif avec, en fond, une enquête criminelle, correctionnalisée plus tard.

Toutes les hypothèses furent exploitées une à une, principalement par un corps d'enquêteurs civils privés, dont j'ai fait partie intégrante.

J'expose ainsi quelques histoires parallèles percutantes, liées directement à l'explosion d'AZF.

Attachez-vous ! Nous allons voler en ligne.

Survol de 21 septembre 2001, depuis la cabine d'un
hélicoptère de la Gendarmerie Nationale.

Sur le toit des bureaux des réservoirs d'eau de Pech David, quelques
collaborateurs de la catastrophe de Toulouse. On voit une main fermée, en
guise de signe d'un gendarme avisé, « *coucou les copains, vous avez fini
d'exploser Toulouse !* ». Au sol à droite, au-dessous de la main, de l'eau en
grande quantité sur le passage, due au mouvement sismique de la colline.

Mon hypothèse a déjà été relayée au dossier judiciaire depuis peu de temps. Elle est la seule qui rassemble toutes les hypothèses liées aux diverses enquêtes officielles, et la seule qui n'a jamais été vérifiée officiellement, parce qu'elle est invérifiable sans l'accord des chefs d'État qui ont précédé et qui succéderont à Monsieur Jacques Chirac, président de la République au moment des événements de Toulouse.

En 2005, j'avais informé Monsieur Jacques Chirac par le biais d'un livre que j'avais moi-même amené à l'Élysée, dans lequel j'avais exposé les conséquences de l'omerta menant à l'affaiblissement de ce beau pays. Je lui avais en effet conseillé d'avouer rapidement l'occurrence des activités militaires secrètes car son déni mènera le pays en crise tant que la justice ne trouvera pas une explication cohérente pour clôturer le dossier AZF. Autrement, qu'il choisisse son valet de confiance qui le remplacerait pour cacher ces activités, sachant que ce dernier serait incapable de réussir.

Notre cher Président a préféré choisir Monsieur Nicolas Sarkozy comme valet, sauf que ce dernier n'était pas de si bonne confiance comme il aurait pu le penser. Son immaturité l'amènera jusqu'à l'effondrement de son propre parti politique, créant lui-même la montée d'extrémisme dans ce pays, faisant peur à la population inutilement.

J'en profite, par la même occasion, pour conseiller à Monsieur François Hollande, candidat en 2017, s'il aime vraiment son pays comme il le dit, qu'il ferait mieux d'avouer ce qui s'est passé à Toulouse le 21 septembre 2001, tant qu'il est le chef de l'armée, de manière brève, et ce, avant les prochaines élections présidentielles de 2017. Parce que son successeur se retrouvera dans la même situation de chantage. Vu la chute économique vertigineuse, les chiffres et notations catastrophiques de fin d'année, la crise, les lois impopulaires absurdes validées, le manque de confiance envers les dirigeants, la France tombera dans une situation nouvelle de non-obéissance. Autrement dit, le peuple s'organisera lui-même, oubliant ses devoirs et obligations qui deviendront au fil du temps du désordre, dans un appauvrissement insupportable.

Des solutions existent malgré le fait que la majorité des Français aient baissé les bras. Ce qui m'inquiète le plus, ce sont les répercussions mondiales qui occasionneront une révolution en France.

La plus importante des solutions se trouve dans le respect des textes qui ont initié la notion de république. Et les bases de cette république furent nommées « **Principes Fondamentaux** », définis dans **la déclaration des Droits de l'Homme et du Citoyen de 1789,** principes qui ne sont plus respectés par les gouvernements républicains du monde entier.

Tous les citoyens « BUZZ » sont égaux grâce à l'information.

Dans le passé, si des hommes se sont organisés afin que l'idée de république pour la paix générale existe, et se propage dans le monde, ils avaient un motif important pour lutter contre l'ignorance des êtres humains : **la confiance**. Cette même confiance que les différents peuples ont perdu depuis plus de 30 ans environ dans le monde, y compris en France. Or le peuple a besoin plus que jamais de vivre une telle confiance en France.

Faire la vérité sur AZF : si l'actuel Président est assez intelligent pour entendre mon appel, il pourra comprendre que je lui donne le meilleur des conseils comme preuve de confiance.

Autrement, arrivera l'inévitable !

Pour ceux qui ne connaissent pas l'histoire de la Révolution française, je rappelle que l'un des derniers citoyens à avoir été informé de la révolution fut le Roi, celui-là même qui a accordé les principes fondamentaux. A l'époque, cet homme n'a pas eu la chance d'avoir Internet, et l'information est une arme de défense incontestable, qui peut faire appel à la citoyenneté.

Aujourd'hui il faut juste appuyer sur le bouton **« *buzz* »** pour informer tout le monde, qu'il soit un Président, un mendiant ou un Roi.

- Toulouse AZF & La révolution française lumière - Page 42

En mars 2002, au moment où j'ai découvert les tests militaires secrets, j'ai compris que j'allais vivre des situations difficiles et dangereuses. J'ai parié sur la technologie de l'information pour dévoiler cette histoire tout en restant en vie. Ceci, il y a déjà 14 ans. 14 ans de victoires après victoires, sans combat ni violence.

Voilà qu'aujourd'hui, même ceux qui m'avaient pris pour un fou d'informer au fur et à mesure l'avancement de mes découvertes, ont reconnu l'efficacité de cette méthode.

Voilà, Monsieur le Président, la situation est la suivante : le peuple est témoin que vous n'avez aucune chance devant les preuves concrètes visuelles. Vous êtes donc dans l'obligation d'affirmer la réalité du 21 septembre 2001. **Il s'agit d'un devoir !**

À partir du moment où l'État reconnaîtra que les tests militaires sont à l'origine de l'explosion d'AZF, il devra négocier directement avec les victimes et le jugement deviendra obsolète.

Autrement, le jugement du dossier qui aura lieu cette fois-ci à Paris commencera en janvier 2017, soit à la veille des élections présidentielles, qui en seront sûrement fortement perturbées.

Grâce aux réseaux sociaux, la population mondiale est de mieux en mieux informée, même si la manipulation de masse continue, malheureusement. Il est temps de comprendre qu'être un bon Président pour son peuple revient à être un bon Roi face à n'importe quelle situation. Profitons de cette réflexion pour

CARLOS XERFAN

promouvoir le système républicain. Comme les Brésiliens le font, les Français peuvent le faire, exporter la joie. Ce serait un bon début d'ores et déjà.

Le dialogue est ouvert. **La voie est libre**.

OUBLIONS LE SYSTÈME, **IMAGINONS LE FUTUR.**

Certaines civilisations comme les Mayas nous ont transcrit et nous ont abandonné avant de disparaître, tous leurs savoirs en différents domaines, savoirs que les pays ne cessent d'étudier, en particulier la partie qui concerne les armes qu'ils possédaient. Cette civilisation était en avance sur la nôtre au point que nous n'avons pas encore déchiffré tous les codes qu'ils nous ont laissés.

Pourtant ils ont disparu comme nous aussi disparaîtrons. Sauf qu'ils ont survécu longtemps, et nous, nous disparaîtrons rapidement après la découverte de l'électricité si les règles ne sont pas intégrées à la base même du système républicain, en vue d'une humanité politiquement protégée des délires de certains scientifiques motivés par leur curiosité, sans raisonnement d'unité que les chefs d'armées soutiennent et financent.

En notre ère, l'humanité avance sans politique électrique mondiale concernant les ondes diverses, radios, et micro-ondes...

- Toulouse AZF & La révolution française lumière - Page 44

Je vous affirme, nous ne connaîtrons pas le futur, et nous, les êtres humains, nous connaîtrons des maladies nouvelles liées aux perturbations cellulaires, cela partout dans le monde, et nous perdrons nos sens naturels qui nous lient à la terre.

Notre commune terre mère

Nos futuristes mettent en évidence la vie dans le futur, les projections de nos futuristes sont obscures. Toutes les civilisations ont des futuristes et cela depuis la nuit des temps. C'est le mensonge généralisé qui les rend aveugles. Voyons ! Les principes fondamentaux doivent être revus à la base, c'est-à-dire qu'ils doivent être repensés pour un monde d'énergies électriques. Peu importe la source d'électricité. Notre terre est en train de souffrir, l'humanité s'inquiète, et ne permettra pas aux politiques malveillants de continuer à jouer avec nos vies.

L'utilisation et l'étude doivent être faites en respect des principes fondamentaux accordés par le Roi en 1788, principes qui sont la base de la république, qui est aujourd'hui en train de s'effondrer.

Ces principes fondamentaux ont été bafoués depuis qu'ils ont été modifiés en Déclaration Universelle des Droits de l'Homme en 1948, refoulant le devoir à chaque individu, alors que seul, l'individu est impuissant.

De nos jours, ces droits sont mal respectés par le corps politique qui n'assume pas ses responsabilités et les peuples le savent. Ils sentent qu'ils se transforment en zombies.

Exemple : **Art. 15.** La société a le droit de demander compte à tout Agent public de son administration.

(Déclaration des droits de l'homme et du citoyen de 1789).

Avion civil équipé de bouteilles aérosols.

Opération d'épandage d'aluminium bafouant les principes fondamentaux de 1789.

La Déclaration reconnaît également l'égalité, notamment devant la loi et la justice. Elle affirme enfin le principe de la séparation des pouvoirs.

À l'heure du changement, il faut demander aux nations de se réunir pour écrire un mode de vie pour le « **vivre ensemble** ».

Je trouve dommage que ce changement se fasse par des luttes inutiles et dans le sang. Or la France est riche d'intelligence, il y a à manger et de quoi se vêtir pour tout le monde encore pour longtemps, et de quoi être éduqué. Par contre, il n'y aura plus de quoi se soigner pendant longtemps.

Les Français n'en peuvent plus d'une justice lente et limitée aux pouvoirs, des ordres violents devant les situations de rassemblement, au lieu de les protéger.

Les logements se vident davantage alors qu'en même temps, de plus en plus d'âmes se retrouvent dans la rue. Bref ! Ce qui est anormal, c'est que les Français n'arrivent pas à avoir une vision globale pour le vivre-ensemble. **Muselés et anesthésiés.** Notamment pour informer ses dirigeants des malaises réels, parce que les dirigeants sont devenus sourds et muets depuis plusieurs années. De vrais murs, coupés des dialogues.

De tels dysfonctionnements ont été observés, au point que même les enfants en bas âge sont déjà en train de discuter des difficultés des adultes pendant les cours de récréation. C'est grave voyons !

Que laisserons-nous comme image pour les civilisations futures ?

Ainsi l'Europe de l'Union européenne est une bombe à retardement pour la non-union. La faute : les mensonges accordés par les dirigeants forçant le silence des populations et des politiques, excluant la justice.

Pour la France, cette situation est une conséquence du « NON » que les Français avaient voté par référendum lorsqu'ils ont été appelés aux urnes le 29 mai 2005.

C'est anormal que la fin pour cette Europe administrative soit constituée par une révolution, et que les citoyens se mettent eux-mêmes à se réorganiser par la désobéissance, même si l'organisation des promotions des droits de l'homme les protège par des résolutions avérés et reconnues, et s'il faut se révolter contre les politiques de l'Union européenne Français et, Allemands, les peuples les feront naturellement.

Par contre nous allons voir une grande quantité d'hommes et femmes politiques qui seront chassés de l'Europe. C'est évident que nous verront beaucoup de violences inutiles par les guerres civiles.

Aux rapports internationaux, subsiste un grand problème ! Les politiciens européens, spécialement les politiciens français, veulent se passer de payer la dette publique dont ils ont partagé le poids dans un système effondré. Ça veut dire que certains pays empruntent l'argent pour créer la paix et sans les emprunts les européens font la guerre ? C'est nul.
- Toulouse AZF & La révolution française lumière - Page 48

Le temps de la paix s'est écourté alors, favorisant le déchirement.

Pourtant des solutions simples existent pour améliorer la réorganisation administrative, judiciaire, exécutive, législative, l'économie mondiale, et l'économie de l'Europe.

La montée d'extrémistes de tout bord est anormale, juste parce que les médias français ont décidé d'y faire croire. Cela constitue un manquement de devoir. Elle se fait par simple mégarde, et personne ne gagne.

Par exemple : **il faut des juges d'instruction et d'insertion** pour garantir le bon fonctionnement de la justice.

Ce bon fonctionnement commence par l'insertion dans la société des acquittés de justice, pour combler un dysfonctionnement quelconque. Evitant ainsi que l'administration écrase des citoyens bêtement comme ça l'eu été dans mon cas précis. Pour m'empêcher de dévoiler la réalité d'AZF. Amplifiant le désespoir, hors il fallait juste assumer l'erreur initiale, aujourd'hui tout ne serait qu'un vieux passé.

Seulement des juges peuvent combattre les indécences d'un autre juge, notamment d'instruction, censé instruire tout dossier à charge et à décharge équitablement.

Enduit à l'erreur volontaire ce magistrat peut tromper les tribunaux, la société, au nom du peuple, les rendant complices.

Ces magistrats d'un ordre nouveau garantiront la confiance avant que les percussions d'injustice s'amplifient. Autrement dit, la vraie justice n'est rien que du bon sens.

Cette responsabilité de réparation d'injustice, initialement, est la charge du corps politique. Mais comment faire si ce même corps est sourd et inefficace lorsqu'il s'agit d'une situation où beaucoup d'entre eux sont mêlés, comme celle d'AZF.

J'ai sélectionné plusieurs articles médiatiques que je présente dans cet ouvrage, tout en expliquant pourquoi 14 ans après, tous les jugements toulousains ont été annulés ; et pourquoi ce dossier a été déplacé à Paris, à titre optionnel d'exception.

Cela ne dépend que de la bienveillance de notre actuel Président.

Quoi qu'il en soit, les essais secrets que j'ai mis en évidence, sont bien franco-allemano-suisses. Insister à cacher l'utilisation d'une ogive atomique proche d'une population revient à accepter une forme moderne de « nazisme ».

Je ne pense pas que le peuple allemand voudra construire une Europe administrative dans le mensonge. Cette affaire sera vite réglée si elle arrive entre les mains des médias allemands. Tant pis pour l'AFP, qui évite à tout prix le dévoilement de mon témoignage, mes vécus, pour dévoiler la vérité d'AZF.

Un exemple trouvé sur Internet d'histoires parallèles d'AZF non vérifiées officiellement, qui fâchent les journalistes français.
- Toulouse AZF & La révolution française lumière - Page 50

Dans la mare aux canards électroniques

AZF : un ultime scénario
« abracadabrantesque » qui fait « pschitt ».

Quelques jours avant l'arrêt de la cour d'appel de Toulouse, une revue spécialisée publie une nouvelle hypothèse sur les causes de l'explosion de l'usine chimique toulousaine.

Revue de presse

Nouvelle étude scientifique ou mauvais polar ? Le scénario de 21 pages publié par la revue Préventique pour tenter d'expliquer l'explosion de l'usine AZF le 21 septembre 2001 à Toulouse ne pourra satisfaire que la petite communauté des personnes à jamais frustrées par la thèse de l'accident chimique retenue par la justice. *« La probabilité qu'il y ait eu un mélange entre des résidus chlorés et du nitrate d'ammonium est une question totalement secondaire »*, affirme Hubert Seillan, éditeur de cette revue spécialisée, interviewé par Sud Ouest.

Ce juriste bordelais, créateur d'un petit groupe de presse et de formation spécialisé dans les questions de sécurité industrielle et enseignant à Paris et à Rabat (Maroc), affirme au quotidien régional :*« l'enquête s'est uniquement focalisée sur le tas d'engrais du hangar 221. Vraisemblablement pour des raisons de haute politique »*.

- Toulouse AZF & La révolution française lumière - Page 51

CARLOS XERFAN

Monsieur Seillan prétend dans l'éditorial de sa revue avoir purement et simplement« *anéanti* » la thèse judiciaire et prévient les juges : la nouvelle hypothèse qu'il publie « *devra être prise en compte, notamment par la cour d'appel dont l'arrêt est annoncé pour le 24 septembre* ».

« Guerre des thèses » ou guerre des journaux ?

La fanfaronnade n'est du goût de La Dépêche du Midi, qui s'exaspère face à « une étude destinée encore à semer le doute ». « *Quelque soit l'arrêt rendu le mois prochain, fantasmes et hypothèses auront toujours la peau dure* », déplore Dominique Delpiroux, qui a suivi les deux procès pour le journal toulousain.

Le quotidien régional, qui a épousé la thèse accidentelle défendue par le Parquet dès les premiers jours de l'enquête, doute de l'indépendance affichée par Hubert Seillan.

Il révèle que son entreprise a passé contrat avec le groupe Total pour assurer des formations dans des entreprises du groupe sur le bassin de Lacq.

L'information, qui figurait sur le site internet du groupe Préventique, « *a été savamment rayée deux heures plus tard* », selon Libération.

Malgré la publicité apportée à la revue par Sud Ouest, efficacement relayée par une dépêche de l'AFP, l'information a rapidement fait flop. Les médias ont généralement repris avec scepticisme les affirmations tonitruantes d'Hubert Seillan.

L'actuel PDG de Total s'est lui-même déclaré « *prudent* » face à ces révélations et le site internet de Sud Ouest relaie l'avalanche de critiques suscitées par son article.

Seul ou presque, l'Express se distingue en invoquant sur son site une « guerre des thèses ». Pour l'hebdomadaire, c'est surtout l'occasion d'exhumer la contre-enquête très critique pour les premiers mois de l'instruction d'Anne-Marie Casteret, décédée depuis.

Sur la même ligne, Marc Mennessier, journaliste du Figaro, revient sur « deux pistes inexplorées », dont celle d'un attentat islamiste qu'il a privilégié dans un livre critiquant l'enquête « officielle » paru en 2009, à la veille du premier procès. Mais son article, publié sur le site du journal, ne dit curieusement pas un mot de la thèse défendue par Préventique.

Guerre de civilisation ?

Celle-ci est surtout relayée par une curieuse publication électronique qui se définit comme « *le seul site français pro-américain, pro-israélien et néoconservateur* ». Le « rédacteur en chef » de ce site, qui se présente comme un ancien porte-parole du PDG de Nestlé, explique que l'explosion d'AZF résulte d'un attentat manqué contre la SNPE « *dans le but de libérer du phosgène, un gaz hypertonique que le vent d'autan aurait pu disperser sur Toulouse* ».

Le corps d'un suspect aurait même été récupéré discrètement sur le site avant d'être « *incinéré* ». Une « *affaire abracada-brantes-que* » et un scénario « *plus proche d'OSS 117 que d'une expertise digne d'une catastrophe industrielle,* dénonce ce matin Dominique Delpiroux sur le site du Petit Bleu d'Agen. Ce quotidien du groupe de Jean-Michel Baylet est diffusé sur les terres aquitaines de son concurrent girondin.

Le crédit apporté par Sud Ouest au « scoop » de la revue du juriste bordelais a visiblement irrité son voisin toulousain.

Edité le 31/08/2012 : la synthèse de Laurent Jacob, présentée par Hubert Seillan dans un document de 22 pages, peut être consultée en ligne sur le site de Valeurs Actuelles.

L'hebdomadaire, qui fut le premier à s'opposer à la thèse de l'accident chimique dès 2001, *"pense que l'origine de la première explosion pourrait, comme Laurent Jacob l'avance, provenir de l'usine de la SNPE"*. L'entreprise, désormais fusionnée avec le motoriste SNECMA, a officiellement démenti son implication sur le site du Point.

Publié le 30 aout 2012 – Par l'auteur Stéphane Thépol.

J'ai choisi cet article de presse qui n'est pas drôle, parce qu'il est paru aux environs de juin 2012. Pourtant, j'étais le seul et l'unique détenteur de cette information d'agent incinéré, mal utilisée par cet auteur qui semble vouloir valoriser sa revue. Il peut le faire toute sa vie, s'il explique les choses sans transiger. Ce sera une nouvelle perte de temps s'il ne va droit au but.

Lorsque j'ai dévoilé cette information en janvier 2005 à Messieurs Pierre Grésillaud et Bernard Rolet, les deux enquêteurs privés se sont fâchés avec moi. Pour eux, à ce moment des explications, j'étais juste un fou furieux qui avait été mis en détention et qui tentait de se venger.

Je leur ai expliqué qu'il y avait eu ce jour du 21 septembre 2001, aux alentours de 05 heures 05 du matin, soit avant l'explosion de l'usine AZF, une explosion restée cachée, dans les sous-sols reliant la SNPE à une base secrète militaire enfouie sous la colline de Pech David. J'ai continué, expliquant ce qui s'est passé, sans approfondir par ce que je savais. Je ne connaissais pas suffisamment leurs intentions. J'ai dit à ces deux personnes « Il s'agissait de deux agents secrets français chargés du branchement de câbles électriques importants ; au même moment, la SNPE faisait des travaux en sous-sol ». Lors d'un branchement simultané, un important dysfonctionnement électrique a eu lieu.

Plus loin dans ce livre, j'expliquerai ce que faisaient les deux agents secrets français. À présent, je donne continuité de ma première rencontre avec les deux enquêteurs sur l'affaire AZF.

J'ai donc expliqué à Messieurs Grésillaud et Rolet que les deux agents avaient été électrocutés, entraînant la mort de l'un d'eux, grièvement blessé. J'ai poursuivi mon explication en annonçant qu'à 10 heures pétantes, l'agent décédé avait été incinéré sans cercueil, fait qui accablera ces deux enquêteurs privés.

Lors de ma première rencontre avec eux, j'ai parlé de mes soupçons ; qu'il s'agissait d'un « simple » accident. J'ai conclu en leur expliquant que j'avais une idée plus précise des activités qui s'étaient déroulées mais que j'étais incapable de l'affirmer en toute certitude à ce moment précis.

La réaction de Monsieur Bernard Rolet fut impressionnante à l'annonce de l'existence d'une base secrète sous la colline de Pech David, reliant les hôpitaux Rangueil, Laray et l'usine SNPE.

Posant ses mains sur la tête, cet homme, qui est devenu aujourd'hui un grand ami, disait : « Il est fou ! Il est fou ! Il est fou ! ». Je n'en ai pas été surpris.

Pour le convaincre, je lui ai dit qu'il existe des enregistrements de l'activité électrique du pôle chimique effectués par EDF (Électricité De France) et l'hôpital Rangueil.

Ces documents permettraient de mettre en évidence les défauts électriques coïncidents avec l'heure du dysfonctionnement qui a occasionné la mort de l'agent technicien secret.

? Il m'est venu une idée : mettre ses deux hommes sur les lignes de mes investigations !?! J'avais compris que eux-mêmes allaient informer d'autres personnes à leur tour et « ayant la connaissance sur la réalité, j'ai bien compris que la charge pour expliquer ce qui est arrivé à Toulouse serait très lourde à supporter, d'autant, j'avais aussi compris qu'il fallait que quelqu'un le fasse savoir au nom de toutes les victimes. Ce qui m'a permis d'accepter les difficultés qui m'ont eut étaient suggérées ». Qu'auriez-vous fait à ma place ? Voyons… ! Ce que j'ai fait… « J'avais le choix de choisir entre ma liberté ou mourir (tué par l'État français) », vu qu'un État comme celui que nous vivions en 2001 en France, était complètement largué dans un délire complet.

J'ai donné à ces deux enquêteurs privés une information en apparence farfelue et sans la moindre preuve mais qui après vérifications s'avérait correcte.

En effet, Monsieur Pierre Grésillaud et moi-même avons réussi à nous procurer ces enregistrements que nous avons déposés dans le dossier judiciaire d'AZF en 2006.

Au cours de cette première rencontre, je leur ai expliqué des choses de l'ordre de l'incroyable alors qu'ils étaient juste venus comprendre les instructions de service de la SNPE.

Dès 2002, j'avais mentionné ces mêmes instructions sur un forum Internet dédié à l'explosion d'AZF, en ma fonction de concepteur du programme informatique qui gère les instructions pour la maintenance de l'usine SNPE. À ce jour, en 2016, Monsieur Bernard Rolet n'en revient toujours pas de toutes les informations que j'avais accumulées pour expliquer ce qui s'était passé à Toulouse le 21 septembre 2001. Ce n'est pas fini !

Se constate des cuves fixées aux structures métalliques des bâtiments.

Ateliers BN I de la SNPE de Toulouse.

Tout comme la tour de 'prilling d'AZF, ce type d'atelier est devenu condensateur électrique géant le 21/09/2001.

Ateliers BN 2 de la SNPE de Toulouse.

En combinaison bleue, un technicien chargé de la maintenance et du contrôle des pressions de l'atelier, en blanc, un chimiste.

Avant de me rencontrer, ces deux hommes n'avaient aucune connaissance de ces informations et aucune idée de ce qu'ils allaient découvrir grâce à mon travail et mon dévouement.

Aujourd'hui, grâce à l'enquêteur privé Monsieur Pierre Grésillaud, ces informations et ces témoignages figurent en partie dans le dossier judiciaire d'AZF. Il avait d'une part trouvé l'ambulancier, qui avait été appelé pour déplacer le corps de l'individu inconnu, passant par les portes de la SNPE à 8H00 du matin du 21 septembre 2001, mais aussi le directeur de l'incinérateur.

Ce dernier indique que des agents de l'État étaient présents pour la brève session de crémation. Du reste du corps cramé de cet agent incinéré.

L'autre agent blessé n'a jamais été retrouvé, il a probablement été soigné à l'hôpital Laray, qui se trouvait être l'hôpital militaire le plus proche. Localisé proche de la base secrète de Pech David.

A y réfléchir déjà ! Que faisaient-ils, les deux agents à 05h05 du matin du 21 septembre 2001, dans les entrailles de la colline de Pech David, reliant l'usine SNPE. [*S'agit-il de préparatifs électriques, mais lesquels ?*].

Je comprends parfaitement les désarrois de ceux qui ont toujours tenté de privilégier la piste d'un attentat contre la SNPE, pour contraindre la justice à clôturer l'affaire d'AZF.

CARLOS XERFAN

La thèse de l'attentat pour étouffer les essais militaires est le mobile parfait des vrais saboteurs d'informations des activités secrètes déjouées ce jour-là.

Imaginons que les intérêts de la France aient été sabotés par une instance américaine. Il vaudrait mieux, que les apporteurs de telles hypothèses soient proches des Américains.

Dès 2005, j'avais déjà indiqué mes soupçons à ma petite équipe d'enquêteurs, pour des tests secrets militaires, le 21 septembre 2001 à Toulouse, ainsi qu'un ensemble de dysfonctionnements électriques quelques secondes avant de la catastrophe d'AZF.

J'en profite pour indiquer que le journaliste Jean-Christian Tirat, placé par *Valeurs Actuelles* sur l'affaire, m'a été présenté par Monsieur Grésillaud, tout comme Messieurs Henri Farinni, un politicien sympa de Haute-Garonne, et Monsieur Jean-Marie Arnaudiès, un professeur de mathématiques connu dans cette affaire.

Ce que j'ai appris de Monsieur Tirat est que toutes les banales informations que je lui avais retranscrites, ont été naïvement réutilisées, probablement pour faire plaisir à son patron, mettant alors ma vie en danger.

Ils savaient pourtant que j'étais dans la mire de quelques agents français directement proches de la présidence au moment où Monsieur Jacques Chirac était Président.

J'aurais pu me faire éliminer à Toulouse si je n'avais pas été malin ; je me suis fait poursuivre par des agents, dont une femme blonde aux allures de catin bodybuildée dont émanait une odeur atroce qui m'a effleuré depuis l'angle de la rue dans la Mercedes gris métallisée qu'elle conduisait, accompagnée de deux hommes.

Ce jour-là, je me rappelle même des cris de la personne qui a crié dans la rue « Il est là, il est là », indiquant l'appartement d'un ami chez qui j'étais auparavant allé accompagné de Messieurs Tirat et Henri Farinni l'après-midi même, pour récupérer des dossiers pour notre réunion. Cet exemple n'est qu'une situation de danger parmi d'autres aventures que je me suis préparé à vivre à cette époque. Je revenais discrètement sur Toulouse.

Entre la fin 2002 et 2004, j'ai vécu à Bruxelles. J'ai quitté Toulouse en toute discrétion abandonnant l'appartement que j'avais et ma voiture dans le parking de la résidence au 5 rue Gay Lussac avec l'aide d'une amie avec qui j'avais partagé mes soupçons d'être suivi. Je n'avais aucun doute que ma voiture était balisée électroniquement.

Une fois à Bruxelles, j'ai immédiatement communiqué mes craintes à la police fédérale belge qui a mis en faction un policier devant la maison que j'avais louée, ce pendant presque deux ans.

Mon contact fédéral m'avait juste conseillé de ne pas revenir en France tant que l'affaire AZF ne serait pas finie. Je profite dans ce passage pour remercier la police fédérale belge, qui a toujours été présent lors de mes appels, cela en toute discrétion.

Ne pouvant pas suivre de telles directives, j'ai rejoint la ville de Toulouse assez discrètement. Je suis revenu définitivement en France, à Paris, la veille d'un procès monté de toutes pièces contre moi. Une affaire d'accusation de viol d'une jeune femme américaine, correctionnalisé malgré moi. J'ai passé tout au moins 2 ans à forcer la cour d'appel de Paris à annuler le dernier jugement et récriminer l'affaire pour que je sois jugé devant une Cour d'assises. Vous ne rêvez pas, vous avez bien lu le mot « forcer », exactement ! La cour d'appel de Paris au long de diverses années avait fait toute confiance sur les travaux des juges, des experts judiciaires, et tout ce que avait été dit, sans la moindre preuve. En réalité, je suis acquitté de ces accusations, mais l'affaire n'a pas encore pris sa fin, c'est un secret… ah !

Selon moi, après le départ de l'Elysée de Monsieur Jacques Chirac, un compte à rebours s'est mis en place, attendant la fin de vie de l'ex-Président pour que les autorités puissent parler de l'affaire discrète ; je lui souhaite une longue vie, sincèrement.

L'ensemble des effets précurseurs qui longent ce dossier sont incompatibles avec les diverses hypothèses présentées. Ceci, dans l'optique de dissimuler les essais secrets utilisant une mini bombe atomique interdite d'utilisation par les accords entre la France et la communauté internationale.

C'est moi qui ai informé par le biais de mon dossier pour lequel j'ai été acquitté en février 2008, non seulement la cour d'appel de Paris, mais aussi la Présidence de la Cour de cassation, ce, dès 2005. Avec l'aide de gros dossiers joints au mien, j'expliquais en détail une série de situations logiques occasionnées par les mensonges, et l'utilisation de la justice à Toulouse.

Le 23 février 2009, jour de l'ouverture du procès correctionnalisé d'AZF, je me présentais devant la cour d'appel de Toulouse. Ce jour-là, le Président m'invitais à évacuer la salle d'audience, comme un malpropre. Par la suite, c'est lui qui est devenu le malpropre : un de plus dans cette malheureuse machination ourdîtes contre moi. J'avais déjà compris que j'allais juste faire un peu de cinéma parce que j'étais totalement conscient que les autorités ne voulaient pas que je dépose officiellement mon témoignage, notamment pour ne pas me laisser joindre les deux dossiers, celui me concernant ainsi que celui d'AZF jugé. Je savais pertinemment que ce qui s'est organisé à Toulouse était seulement un mini cirque.

J'avais en avance envoyé un dossier détaillé à la cour d'appel de Paris expliquant mes soupçons : les autorités locales ne souhaitaient pas que je témoigne au procès d'AZF de Toulouse ; et tout s'est avéré exact.

Pourtant, j'avais toutes les qualités pour témoigner au procès vu que j'avais été appelé au cours de l'instruction par l'un des juges.

- Toulouse AZF & La révolution française lumière - Page 64

Dommage pour le président de la cour d'appel de Toulouse, Monsieur Thierry Le Monnyer.

C'est comique et désagréable ! Je mets souvent en parallèle mon affaire et celle d'AZF, expliquant à la cour d'appel de Paris que les deux juges en charge de mon dossier étaient chargés de m'empêcher de parler au début de la catastrophe à Toulouse, vu qu'ils avaient caché les preuves de mon innocence.

J'avais pleinement conscience que les subordonnées de l'État souhaitaient se débarrasser de moi pour m'empêcher de continuer à parler librement en ce qui concerne les tests secrets.

Entre la fin 2004 et 2005, à Paris, je me suis fait arrêter pour toute sorte d'affaires stupides et banales, plus de 30 fois ! Grosso modo : « *casse-toi, brésilien, on te butera chez toi* ».

L'information m'est arrivée discrètement, lorsque j'ai appris que trois agents secrets français s'étaient fait arrêter au Nord du Brésil ; je n'en dirai pas plus. Ceci s'est passé quelques jours avant mon voyage d'un mois, avec celle qui fut mon épouse pendant 9 ans. Rien ne fut signalé à mon ex-épouse, mis à part lors de notre retour à Paris où j'avais appris par le voisinage que des policiers du quartier s'étaient amusés à ouvrir mes courriers en mon absence et à les redéposés sur la tablette à l'entrée de l'immeuble, dissimulée en guise de boîte aux lettres.

J'ai prévenu ma compagne que si des policiers venaient à la maison pendant mon absence, ou s'ils s'approchaient d'elle, qu'elle devait leur dire « qu'elle ne savait rien, qu'elle ne voulait rien savoir et que s'ils souhaitaient savoir quoi que ce soit, ils devaient juste me le demander, directement ».

Le 26 juin 2006, j'ai eu une perquisition absurde, que j'ai contesté longtemps au point d'alerter le Doyen des juges auprès de la cour d'appel de Paris : trois policiers se sont présentés vers 6H30 du matin, m'ont amené à l'OCRB (Office central pour la répression du banditisme) à Nanterre, près de Paris, m'accusant d'être le chef, ou au moins de le connaître, le chef d'un groupuscule appelé groupe A.Z.F.

J'ai expliqué qu'effectivement, j'étais le chef du groupe A.Z.F. numéro 5, qui avait mené des enquêtes précises sur l'explosion de l'usine à Toulouse et que j'étais déjà connu dans les forums les plus connectés au sujet de l'affaire.

J'ai poursuivi mon audition en disant que j'avais également mené une enquête sur les divers groupes A.Z.F., tout comme eux, et que, de ce fait, je ne comprenais pas pourquoi j'étais indiqué comme cible. J'ai alors demandé qui avait eu l'idée de me présenter comme chef d'un groupe A.Z.F. ; le ministre de l'intérieur peut-être ? Les regards des policiers se sont croisés.

J'indiquai ce que j'avais compris sur les différents groupes A.Z.F. les numéros I et 2 furent selon moi les mêmes, c'est-à-dire des militaires qui avaient travaillé sur la mise en route des activités secrètes militaires, provoquant plusieurs explosions à Toulouse le 21 septembre 2001, dont l'explosion de l'usine AZF. Ma logique était très simple : en réalité, la mise en place des activités secrètes a été mal élaborée. L'explosion de l'usine AZF allait contre l'idée générale de défense de ce pays. Rien de plus normal que les militaires se sentent dégoûtés de savoir qu'un agent a été incinéré sans cercueil. Dès lors, les groupes 1 et 2 ne voulurent rien de plus qu'abandonner leur poste, prendre des vacances en sécurité grâce aux informations qu'ils avaient en main.

Ce n'est qu'avec de l'argent qu'on peut se protéger pour survivre contre un service secret, notamment les services secrets français.

En ce qui me concerne, aujourd'hui, je sais que je vis sous le joug d'une résolution des Nations unies. Pour les autres, c'est un peu plus compliqué à expliquer.

J'ai fini mes explications auprès de l'OCRB de Nanterre en définissant les groupes A.Z.F. 3 et 4 comme étant juste des profiteurs de l'État français avec peu d'expérience.

Je leur ai dit que cela allait justement s'arrêter si mes calculs étaient corrects. Figurez-vous qu'à 17h30, j'étais libéré alors que pas loin de 3.000 policiers et gendarmes ainsi que des centaines de journalistes cherchaient le groupe dit A.Z.F. en tout cas, pas une seule pièce n'a fuité de cette garde-à-vue absurde, pas une seule note, pas une seule excuse non plus.

Cette situation était digne d'une Gestapo à la française au moment où Monsieur Nicolas Sarkozy était ministre de l'intérieur. Je n'ai rien contre les idées de l'ancien chef d'État français, je constate simplement qu'il n'a pas de cerveau, c'est dommage. Pour être sincère, ma propre opinion est qu'il est un malade déconnecté de l'amour qu'il porte à son peuple.

J'espère bien attirer son attention avec cette observation en le lui disant. Les Français me protègent, parce que je les protège, et que s'il prête bien attention, je le protège de lui-même.

Depuis ce malheureux incident, ce service de police nationale à changé de nom. Il est devenu rapidement l'O.C.L.C.O (l'Office central de lutte contre le crime organisé). Ils n'ont jamais retrouvé ledit groupe A.Z.F. n° 1, en tout cas officiellement.

De cette affaire incroyable d'agent incinéré, il ne me reste qu'à dire qu'en menant mon enquête sur les différents essais secrets, j'ai trouvé en 2002 sur la zone de Pech David, une voiture blanche, localisée dans la forêt descendant les réservoirs de l'ancienne société SAUR (Société d'aménagement urbain et rural) qui géraient les réservoirs de Pech David.

Il s'agit d'une Datsun aux allures de voiture suisse. Un beau coupé complètement désossé, dont toutes les pièces permettant son identification ont été démontées minutieusement, pièce par pièce.

Tout portait à croire que la voiture a été projetée vers le fond pour être démontée plus tard afin d'empêcher toute identification. J'ai tout vérifié et tout a été étudié par des professionnels de l'effacement d'informations d'une voiture.

L'une des choses qui m'a choqué est que la voiture n'avait pas non plus ses cardans, l'une des pièces que je voulais avoir pour identification. J'ai fait des photos de cette voiture et puis j'ai abandonné le secteur. J'avais été repéré par les caméras de la société SAUR.

Il y a de fortes chances que la carcasse de cette voiture soit toujours sur place. A mon avis, il s'agit de la voiture du défunt incinéré le 21 septembre 2001 à l'incinérateur de Cornebarrieu précisément à 10H00 du matin, information trouvée par Monsieur Pierre Grésillaud. Les clichés ont été perdus.

Il est possible que l'OCRB de Nanterre ait encore une copie de mes disques durs de l'époque. Ils ont inspecté mes ordinateurs et ont perquisitionné mes dossiers et documents ; données qui ne m'intéressent plus.

Si je pouvais juste récupérer mes diplômes en informatique obtenus au Brésil à l'âge de 16ans qu'ils m'ont volés au long de cette journée de perquisition, ça m'arrangerait.

Je ne laisserai pas Monsieur Seillan, directeur du Groupe Préventique, détourner des informations dont je connais l'origine, mais je le comprends.

Ils sont tellement peu malins, les journalistes et chefs de rédaction, qu'ils continuent à parler d'attentat à la SNPE 15 ans après. Ils n'arrivent d'ailleurs pas à créer une histoire cohérente vu qu'ils ne tiennent pas compte des effets précurseurs observés avant l'explosion du hangar 221. En outre, ils se permettent d'utiliser les découvertes que j'ai partagées mais en cachent l'origine au grand public. Or le monde entier via Internet est informé de toutes les mésaventures du personnage brésilien en France pour l'affaire AZF depuis une dizaine d'années au moins.

Maintenant, même le peuple français se pose des questions, vu que les journalistes veulent à tout prix faire passer la pilule d'un attentat alors que les preuves sismiques militaires restent cachées. Pourtant mes dires se réalisent ! L'une d'entre elles est que les patrons de presse s'affilient aux idées des hommes et femmes du gouvernement pour faire passer des réformes autoritaristes qui excluent, et les Français s'irritent.

« Une révolution se prépare », elle est ourdie par le corps politique.

Une grande armée de Français, syndicalisés notamment, se prépare. Mon personnage est loin d'être orphelin ; en effet, d'autres affaires apparaissent au fur et à mesure que les médias libres naissent grâce au réseau d'Internet.

Depuis plusieurs années, j'indique les failles aux responsables de l'État par lettre, courriels, Tweet etc..., et mon constat est que le mépris, du fait que je suis un étranger habitant en France, est malheureusement une maladie qu'il faut continuer à combattre.

Je ne vois pas d'autre solution cohérente que de redonner la confiance à la population qui n'en a plus, ni envers tous les subordonnés des grandes instances ni envers les accords qui donnent encore plus de pouvoirs aux multinationales.

Le Président François Hollande se doit d'apporter rapidement la confiance « **culturo-scientifico-politico-socio-économico-judiciaire** », pour qu'une transformation dans le dialogue se généralise et se fasse dans la paix, en levant le secret-défense sur les documents sismiques pour clore les doutes au sujet du 21 septembre 2001.

Il peut couper le mal par la racine s'il montre que le peuple peut lui faire confiance. Par conséquent, il trouvera sa propre liberté d'action, en utilisant ses capacités humaines, ses compétences et ses atouts au profit de son peuple. Ainsi, il peut produire le changement tant attendu pour concrétiser la notion de démocratie et de justice.

Je ne changerai point ma vision d'avenir pour notre humanité. Il n'est pas difficile de comprendre qu'une grande responsabilité repose entre les mains des Européens qui se sentent, en notre ère, inutiles ; raison naturelle d'un relèvement. D'autre part, les différents Présidents français continueront à subir les chantages des politiques informés qu'une explosion souterraine a bien eu lieu sous la colline de Pech David, occasionnant une secousse intense de 3,4 sur l'échelle de Richter, ou plus forte. Et surtout, que cette explosion était d'origine atomique dont la mise en œuvre a été mal élaborée et, selon moi, sabotée.

Explosion dont les répercussions n'ont pas fini de s'amplifier.

Le fait que le procès d'AZF n'aboutisse pas énerve encore plus les Toulousains. Pour ma part, je parle d'apaisement pour la non-révolte et je fais appel à l'intelligence de chacun.

Maintenant, vérifions ensemble un autre article de presse que j'ai sélectionné. Vous observerez que mes révélations pour la vérité sur AZF se dirigent vers un sabotage, plus qu'un attentat.

ARTICLE PUBLIÉ PAR MICHEL GARROTÉ, LE 29 AOÛT 2012.

CARLOS XERFAN

Michel Garroté – Sur dreuz.info, nous avons été parmi les premiers, à ne pas exclure la thèse de l'attentat dans l'explosion de l'usine AZF de Toulouse (France).

Or, voici que selon un nouveau rapport d'experts cité par le quotidien Sud-Ouest, la fuite d'ergol dans l'usine AZF, le 21 septembre 2001, était possiblement liée à un attentat terroriste.

Solidement étayé, le rapport repose sur la thèse d'une première explosion ayant précédé celle du fameux hangar 221, où était stocké le nitrate d'ammonium. Elle se serait produite au sein des installations de la Société nationale des poudres et explosifs (SNPE), voisines de celles d'AZF.
Le rapport n'exclut donc pas que la fuite d'ergol puisse être liée à un attentat terroriste. Tous ces éléments ont de quoi troubler la justice, à quelques semaines de la décision que doit rendre la cour d'appel de Toulouse dans le procès AZF.

Protégée par le secret-défense, la SNPE n'a jamais été ciblée par l'instruction judiciaire. Elle faisait pourtant l'objet de menaces prises en compte par les services de renseignement.
Après l'attentat du 11 septembre 2001 à New York, les autorités françaises craignaient que des terroristes ne fassent sauter le site dans le but de libérer du phosgène, un gaz hypertonique que le vent d'autan aurait pu disperser sur Toulouse.

Quelques heures avant le drame, un inconnu – dont le corps a été immédiatement incinéré ! – est mort peu après avoir été grièvement blessé sur le site de la Société nationale des poudres et explosifs (SNPE).

La justice n'a jamais cherché à élucider les conditions de ce décès suspect derrière lequel se cache peut-être le mystère de la fuite d'ergol, conclut, en substance, Sud-Ouest.

Pour mémoire, rappelons que l'A.I.P.J. avait déjà posé, il y a quelques années, des questions politiquement incorrectes sur le dossier AZF « Qu'en est-il aujourd'hui de ce grand mensonge d'Etat concernant l'explosion de l'usine AZF de Toulouse ? ».

Pourquoi le procureur après seulement trois jours d'enquête affirma sur un ton péremptoire qu'il s'agissait d'un accident à 99% ? Pourquoi cette thèse est-elle la thèse officielle alors que la communauté nationale des chimistes a tout simplement ridiculisé les éléments de l'enquête en démontrant que l'ammonitrate ne pouvait exploser qu'après avoir subi un échauffement soudain et violent de plus de 400 degrés ?

Le nitrate d'ammonium ne peut pas exploser sans l'apport d'une quantité d'énergie importante, martèle Christian Michot, directeur de la certification à l'Institut national de l'environnement industriel et des risques (Ineris).

Par ailleurs, il faut préciser qu'existent plusieurs produits avec des qualités différentes. L'engrais est le moins sensible des produits constitués de nitrate d'ammonium. Brigitte Diers, directrice de l'unité de prévention du risque chimique au CNRS, va dans le même sens : d'un point de vue de chimiste, c'est un produit normalement stable.

Cet oxydant très fort est cependant classé comme très réactif et peut exploser sous certaines conditions. La condition *sine qua non* est la présence d'une grosse source d'énergie.

Pourquoi les témoignages des personnes affirmant avoir entendu deux explosions ou avoir vu un éclair furent systématiquement écartés ? Des cassettes acoustiques qui servaient à l'enregistrement d'une conférence à Toulouse, lors de l'explosion, révèlent qu'il y a bien eu deux explosions distinctes de 8 secondes.

Mieux encore, grâce à des procédés mathématiques et scientifiques, on a réussi à déterminer l'endroit exact de la première explosion. Or, il s'avère que le lieu de la première explosion est différent de la seconde. Et où s'est déroulée la première explosion ? Dans l'usine de la SNPE, usine fabriquant le carburant de la fusée Ariane. Ainsi ces enregistrements confirment les témoignages des nombreux témoins qui avaient déclarés qu'il y avait eu deux explosions.
Pourquoi les Français sont-ils tenus dans l'ignorance de l'existence de ces cassettes ? Pourquoi la justice ne mentionne-t-elle pas leur existence ? Ce que l'on sait également, c'est que la première explosion a été suffisamment forte pour être entendue dans un rayon de trois kilomètres par de nombreux témoins. Ces derniers ont déclaré avoir cru à l'explosion de leur conduite de gaz. Et pour cause ! On sait aujourd'hui que cette première explosion à l'usine SNPE fut souterraine (dans les sous-sols de l'usine). C'est d'ailleurs cette explosion que les sismographes de la région ont enregistrée. La seconde explosion, celle de l'usine AZF est survenue 8 secondes plus tard. Bien plus forte elle a ensuite éclipsé la première.

Ce que l'on sait aussi désormais, c'est qu'avant la seconde explosion, celle de l'usine AZF, il y a eu des arcs électriques, des bugs informatiques et des pannes électriques dans l'usine et aux alentours ainsi qu'un éclair lumineux dans le ciel, visible sur trois kilomètres et observé par de nombreux témoins. Que s'est-il passé à la SNPE ? Qu'est-ce qui a provoqué la première explosion ? Qu'est-ce qui a pu provoquer ensuite l'explosion de l'usine AZF ? Le 30 août 2001 (soit avant les attentats de New York) la DST opère une descente dans l'usine SNPE. La cause de cette opération ?

La CIA venait d'avertir les services français que des menaces terroristes pesaient sur l'usine. Le journal suisse « Le Matin » a révélé ces informations dès le lendemain de l'explosion de Toulouse mais curieusement personne en France ne s'est officiellement intéressé à cette piste. Pourquoi ?

Pourtant à l'issue de cette visite, la DST décide de placer l'usine en plan Vigipirate renforcé. Alors que s'est-il passé puisque l'on sait maintenant que la première explosion a bel et bien eu lieu dans l'usine SNPE ? Pour le moment nous ne le savons pas. Mais ce que l'on sait, c'est que le transformateur électrique de l'usine fut détruit, que l'usine a subi de nombreux dégâts. « Les conséquences de l'explosion de l'usine AZF » déclarent les responsables. Est-ce si évident ?

Ce que l'on sait aussi c'est que le tas d'ammonitrate incriminé se trouvait à mi-distance entre les deux usines !
Ce que des experts affirment c'est qu'il est tout à fait possible que le sol humide (la première explosion s'est déroulée en sous-sol) ait pu servir de conducteur aux arcs électriques pour

frapper l'entrepôt d'ammonitrate », concluait, en substance, l'A.I.P.J.

Et toujours pour mémoire, rappelons que webresistant avait publié l'interview que je reproduis ci-après : samedi 22 septembre 2001, 9 heures, entretien avec un officier des services de sécurité français.

Vous m'avez affirmé hier soir que ce n'était pas un accident. Sur quoi vous basez-vous ? Il y a d'abord des indices troublants : 10 minutes après l'explosion, la préfecture affirmait que ce ne pouvait être un attentat. Quelle précipitation alors que les victimes n'avaient pas encore été dégagées des décombres ! Puis tout au long de la journée, A2 et FR3 se sont relayés pour minimiser le nombre des victimes.

Il y a en réalité 50 morts et pas loin de 10000 blessés. On n'a jamais vu ça dans une explosion d'usine chimique, pas même lors d'accidents de raffinerie avec des produits bien plus volatils, inflammables et détonants.
Vous êtes absolument sûr pour le nombre de victimes ? Absolument. Il n'y a que les télés pour essayer de faire gober qu'on ne pouvait pas bien compter les morts et les blessés parce qu'ils étaient répartis sur plusieurs hôpitaux !

Cela peut être pour tenter de cacher une faute industrielle grave dans laquelle des « autorités » seraient plus ou moins impliquées ? Oui, mais l'hypothèse ne tient pas si l'on prend en compte le sifflement entendu par plusieurs rescapés juste avant l'explosion. Comme si une roquette avait percuté le bâtiment. Témoignages à prendre d'autant plus au sérieux qu'une explosion au sol n'aurait pas provoqué un cratère de l'ampleur de celui que j'ai vu. Et que les téléspectateurs ont pu voir aussi sur certaines images... Avant qu'elles n'aient été censurées !

Par ailleurs, pourquoi avoir dépêché une armada de psys pour essayer de convaincre les témoins que le sifflement, ils l'avaient entendu APRES et non AVANT l'explosion?

Psychologues, puis psychiatres avec la connotation « maladie mentale » que l'on sait, se sont relayés pour tenter de brouiller les souvenirs de gens terriblement choqués.

La vérité officielle est : vos oreilles ont sifflé après la déflagration, votre imagination a fait le reste. Admettons. Dans ce cas, s'il s'agit d'un attentat, on peut tout de même se poser des questions : pourquoi n'a-t-il pas été revendiqué ? Pourquoi surtout n'a-t-il pas frappé la poudrerie juste à côté, avec des dégâts sans commune mesure ?

L'attentat a été revendiqué par un groupe islamiste encore inconnu en France : Es Seyf al islami. Le sabre de l'islam. Deux personnes, Ahmad M. et Mostefai S, qui étaient repérées depuis plusieurs jours ont été arrêtées par les services spéciaux vers 15 heures, vendredi 21 septembre. Depuis, elles ont disparu de la circulation.

N'avez-vous pas remarqué l'air gêné de Douste-Blazy, ou du procureur de la république qui, eux, sachant à quoi s'en tenir, parlaient 'd'autre chose' qu'un accident ? Soit. Mais pourquoi pas la « poudrerie » qui fabrique des propergols pour les missiles bien plus explosifs que des engrais ?

La poudrerie était visée, avec un lance-roquette depuis une des tours du Mirail. Ce quartier, véritable cité interdite à forte densité de population maghrébine, aurait été soufflé, mais cela importait peu à nos terroristes. Ils seraient morts en martyrs, entraînant avec eux au paradis d'Allah des milliers de coreligionnaires. Mais Toulouse aurait été rayée de la carte !

Des centaines de milliers de victimes. « On ne fait pas d'omelettes sans casser des œufs » est aussi un proverbe en terre d'islam. Le miracle est que nos apprentis terroristes n'ont pas su calculer la « flèche », phénomène bien connue des artificiers, c'est-à-dire la modification de trajectoire d'un projectile en fonction de paramètres tels que la hauteur d'où on le tire, la distance à parcourir et la dérive due au vent. Or, hier, il soufflait un violent vent d'autan sur Toulouse.

Mais je suis formel : LA POUDRERIE ETAIT BIEN VISEE. Seul un miracle a fait dévier le missile de quelques degrés et percuter un bâtiment mitoyen avec des conséquences limitées, toutes proportions gardées bien évidemment.

Vos fonctions vous permettent-elles d'avancer de tels propos sans risque d'erreur ? Je vous assure que oui. Mais naturellement, quand on témoigne dans ce pays déliquescent, qui préfère tenir le peuple dans l'ignorance dès qu'il s'agit de méfaits commis par des musulmans, mieux vaut ne pas en dire trop sur soi-même si on veut éviter la prison. Ou un « accident ». Mais la vérité ne pourra être cachée éternellement.

Des bazookas, des lance-roquettes, il y en a dans toutes les caves des « cités ». Pas seulement à Béziers ou à Toulouse.

CARLOS XERFAN

Les islamo-mafieux de l'UCK, grands amis de la France comme chacun sait, fournissent le matos. En bons musulmans solidaires de leurs « frères ». Et la présence de Chirac et Jospin dans les heures suivant l'explosion, à votre avis ?

Outre la préparation de leur campagne électorale, c'était pour venir s'assurer que toutes les dispositions avaient été bien prises pour étouffer l'affaire. C'est la faute à la malchance. Ou à la maladresse.

A l'heure où je vous parle, les deux terroristes Ahmad M. et Mostefai S. ont été discrètement mis hors d'état de nuire. Comme ça, pas de risque de procès-tribune. Pas de risque non plus que les méchants Français racistes en tirent argument. Il ne faut à aucun prix salir les « chances pour la France ».

Fin des extraits adaptés de l'interview publiée par : webresistant.

Michel Garroté - Rédacteur en chef

Reproduction autorisée avec mention **www.dreuz.info**

Je n'ai pas choisi cet article par hasard. Il expose les menaces d'attentat qui pesaient sur la SNPE, menaces arrivées directement des États-Unis et révélées par le journal suisse « Le Matin ».

Il me semble important de souligner la démarche courageuse de Monsieur Michel Garroté, de parler de l'homme mort à la SNPE, immédiatement incinéré. On apprend d'ailleurs que la justice n'a jamais cherché à élucider les conditions de ce décès suspect. À savoir que plusieurs plaintes en ce sens ont été déposées par Monsieur Pierre Grésillaud auprès des Premiers

CARLOS XERFAN

Procureurs de Toulouse et de Montpellier. Une fois l'information confirmée par les témoins. Ces plaintes ont été classées sans suite et ce décès n'a jamais figuré au dossier AZF. Ceci montre une fois de plus la peur du corps judiciaire de faire la lumière sur l'affaire AZF afin d'éviter de révéler les pratiques militaires secrètes, technologiques et criminelles. De plus, il est évident que l'officialisation de l'incinération de ce corps confirmerait mon intime conviction à propos des préparatifs des tests secrets. Tests jamais relayés par les médias en France.

Comme on peut le lire dans l'article, ces derniers tenteront à tout prix de faire passer l'explosion d'AZF pour un attentat à la SNPE islamo-quelconque au lieu d'un sabotage « **américano-technologique** ».

Sachez que les islamistes n'avaient aucune information concernant une pratique secrète sous la colline de Pech David en date du 21 septembre 2001. Ils n'avaient aucune information concernant une base secrète enfouie, ayant accès à la SNPE. Les Américains, eux, étaient tout à fait informés et cela depuis le milieu de la Seconde guerre mondiale, ils ont même aidé les Français à enfouir davantage cette base secrète avec les débris des fermes détruites aux alentours de la colline de Pech David à la fin de la guerre. En effet, cette base secrète avait été construite par les Allemands pendant l'occupation de la France par Hitler et ses nazis.

Cet article devient intéressant lorsque Monsieur Michel Garroté indique que ce fameux homme incinéré était l'un des soupçonnés kamikazes. Si cet inconnu était effectivement un kamikaze, on en aurait entendu juste après l'explosion. Le fait qu'il ait été incinéré avant l'explosion d'AZF montre que ce décès dérangeait les intérêts de certains. Pour moi qui sais qu'il se produisait des activités secrètes importantes, n'importe quelle tête pensante comprendra que ce décès est le bienvenu pour faire naître la piste d'un attentat et permettre ainsi d'étouffer ces tests secrets ainsi que leur sabotage par les services secrets américains.

D'ailleurs, l'État a tenté de le faire avec l'histoire dudit kamikaze Monsieur Hassan Jendoubi, salarié intérimaire d'AZF, dont la presse a beaucoup parlé juste après l'explosion. En vain !

Selon les informations que j'ai récoltées, cette affaire a détruit toute une famille : en effet, le père de cet homme en est même mort de tristesse ! Tous ceux qui ont connu ces deux hommes, connaissaient leur amour fusionnel, le père était fier de son fils Jendoubi. Pourtant ce dernier fut pendant longtemps molesté sans preuve tangible, étant le supposé auteur de l'attentat contre AZF. Aujourd'hui sa mémoire est lavée et son nom fait partie de l'ensemble des victimes d'AZF, gravé à jamais. J'ai toujours dit à mon équipe d'amis enquêteurs privés que cet homme est l'une des victimes décédées qui a été électrocuté au moment de la concurrence électrique au sol juste avant l'explosion du dépôt 221 d'AZF. J'espère qu'une fois la vérité reconnue et acceptée, le reste de sa famille pourra se faire indemniser à la hauteur des pertes subies.

Un autre personnage appelé Monsieur Samir, a été lui aussi molesté au cours de l'enquête policière qui cherchait un kamikaze à tout prix, juste parce qu'il avait acheté des livres de pilotage d'avions. Blanchi ensuite sans jamais se faire indemniser, il s'est donc retrouvé appauvri, J'espère que lui aussi pourra se faire indemniser à la hauteur de ses préjudices.

Malgré toutes les tentatives de nous faire croire à un attentat, l'État, les préfets de Haute-Garonne, les maires, n'ont toujours pas réussi à cacher les tests militaires secrets, grâce entre autres, aux contre-informations que nous avons fournies en tant qu'enquêteurs civils bénévoles.

Revenons à l'article de Monsieur Michel Garroté. Ce qui m'intéresse maintenant, c'est de clarifier ses déclarations à propos de ce qui s'est passé à la SNPE. Il écrit en effet que « grâce à des procédés mathématiques et scientifiques, on a réussi à déterminer l'endroit exact de la première explosion … On sait aujourd'hui que cette première explosion à l'usine SNPE fut souterraine (dans les sous-sols de l'usine). C'est d'ailleurs cette explosion que les sismographes de la région ont enregistrée ». Or, ceci est en contradiction avec ce que j'écris dans ce livre.

Je ne peux expliquer pourquoi un tel quiproquo mais je vais néanmoins tenter de le faire, ayant une connaissance profonde de ce dossier.

EXPLICATIONS

D'après moi, les procédés mathématiques et scientifiques dont il est question ici sont ceux effectués par le professeur de mathématique Monsieur Jean-Marie Arnaudiès. Pour ce faire, il s'est basé sur plusieurs témoignages relatant un panache de fumée monté très haut dans le ciel du pôle chimique reliant les deux usines Seveso. Grâce à de simples calculs de triangulation et d'homothétie. Il en a conclu que la première explosion, à l'origine de cette colonne de fumée, a eu lieu à la SNPE, et que cette explosion est l'explosion qui a initié toutes les explosions de Toulouse.

En parallèle, Monsieur Pierre Grésillaud de son côté va plus loin dans ses recherches. Il identifie l'épicentre causé par la secousse sismique principale sous la colline de Pech David localisé à 2,6 kilomètres du cratère d'AZF.

Ce qu'il faut comprendre est qu'avant ma rencontre avec Messieurs Grésillaud, et Rolet, l'idée pour des tests secrets, liée à l'utilisation d'une bombe atomique, n'avait jamais été évoquée au long de nos échanges, ceci de forme sérieuse. La seule fois, dans un climat de rigolade auquel j'ai parlé en plein débat « vous verrez qu'à la fin de cette affaire, une bombe atomique mesurée apparaîtra ».

Mes collègues ont arrêté de discuter pour me dire que j'étais un malade d'imaginer une chose pareille. Par la suite, j'arrêtais d'en parler davantage.

Quand s'est initialisé ce quiproquo.

Monsieur Jean-Marie Arnaudiès a pleine raison, lorsqu'il affirme l'origine d'une première colonne de fumée avant l'explosion d'AZF.

J'ai eu l'honneur de partager chez lui, au long d'une journée, ses calculs et ses soupçons quant à la réalité qu'il imagine. Ses travaux ont créé un gros quiproquo dans ce dossier judiciaire, notamment médiatique, on observe dans l'article cité.

Monsieur Arnaudiès aidé d'une petite équipe de personnes avait relevé une centaine de témoignages intéressants, identifiant justement ce qui s'est passé à la SNPE avant AZF.

Les témoignages apportés par Monsieur Jean-Marie Arnaudiès, dont mon témoignage, sont intégrés au dossier d'AZF, grâce à l'écoute sympathique de l'un des Juges d'instruction, Monsieur Thierry Perriquet. Je suis resté en contact, au long de diverses années, après mon audience avec lui, pour lui transmettre mes informations informellement.

- Toulouse AZF & La révolution française lumière - Page 85

Le grand dommage est que Monsieur Jean-Marie Arnaudiès, malgré maintes demandes à la justice, n'a pu participer au jugement du dossier d'AZF. Il n'a jamais fait demande à la justice pour se procurer les données sismiques militaire auprès des autorités compétentes !

Monsieur Pierre Grésillaud aussi a raison, lorsqu'il apporte ses calculs sismiques dans ce dossier. D'ailleurs grâce à ses calculs, aujourd'hui, la raison sismique civile n'est plus motif principal de compréhension de l'origine des diverses explosions du 21 septembre 2001 liées à l'hangar 221 d'AZF. Les données sismiques apportées par l'OMP de Toulouse ont été plutôt abandonnées vu que Monsieur Pierre Grésillaud avait réussi à participer au dernier jugement à Toulouse, salle Jean Mermoz, qui a duré 4 mois. **Mais comment !**

Monsieur Bernard Rolet (président), et Monsieur Pierre Grésillaud (membre), les deux enquêteurs ont monté une association, regroupant quelques victimes directe de l'explosion dans l'idée de participer au jugement d'AZF.

Quelques jours avant le début du jugement, pour cause d'une histoire banale crée par Monsieur Pierre Grésillaud et quelques membres du bureau de leur association, Monsieur Bernard Rolet était invité à quitter l'association. Ce dernier non plus n'a pas participé au dernier jugement d'AZF. Aujourd'hui les deux hommes ne se parlent plus.

- Toulouse AZF & La révolution française lumière - Page 86

Monsieur Pierre Grésillaud et Monsieur Jean Marie-Arnaudiès n'ont jamais été d'accord quant à la localisation de l'épicentre de la secousse sismique principal étant aux sous-sols de la SNPE.

De mon côté, j'ai refusé de participer à leur association suite à l'invitation de mon ami Monsieur Bernard Rolet, pourtant je savais que la SNPE avait été victime de plusieurs explosions dont je vais parler maintenant, ce qui permettra ainsi de lever le quiproquo au sujet des différentes explosions qui ont eu lieu ce jour du 21 septembre 2001 à Toulouse.

Effectivement, la SNPE a été victime de différentes explosions, dues aux effets de « **rétroactivité** » d'une concurrence électrique propagé par la terre dans l'ensemble du pôle chimique, au tout début de la dernière mise en fonctionnement de la cogénération qui était en travaux de démarrage (je dirai davantage à ce sujet plus loin dans ce livre pour expliquer les détails). Électrisée tout comme AZF. C'est-à- dire que certaines cuves électrisés sont devenues de véritables condensateurs. Ceci pour les premières salves d'explosions à la SNPE, avant l'explosion du stock d'AZF. L'une de ces grandes explosions est celle trouvée par le professeur Jean-Marie Arnaudiès, la première en l'occurrence.

Ensuite, la SNPE a souffert d'une deuxième salve d'explosions en conséquence de l'explosion dévastatrice d'AZF, mais aucune de ces explosions à la SNPE n'ont occasionné les secousses fortes enregistrées par les sismogrammes. Une des causes qui a provoqué les explosions à la SNPE est que plusieurs cuves de cette usine secrète étaient fixées directement aux structures métalliques des bâtiments en acier. (Revoir les images p.58 et p59).

Par conséquent, elles sont devenues instables lors de la concurrence électrique que je mets en évidence.

« Instables ! Certaines cuves ont littéralement explosé, et d'autres cuves se sont vidées grâce aux montées de pression des différents systèmes, d'eaux, d'air, et de produits liquides chimiques fabriqués par la SNPE ce jour là et d'autres remplis avant ce jour d'explosions, maintenues en observation quotidiennement ».

Le manque de techniciens de régulation ce matin du 21 septembre 2001, a joué contre la SNPE.

En effet, certaines cuves ont besoin d'être contrôlées et régulées manuellement, ceci régulièrement, ce qui oblige cette usine à fonctionner en 3/8 heures par jour tout au long de l'année.

Je mets en observation que les cuves enterrées au sol, les stocks à la SNPE, ont souffert le plus au moment initial de la concurrence électrique. Je cite ici les trois sources électriques géantes. J'ajoute une nouvelle origine, non révélée sur la lettre que j'ai envoyée au corps politique d'élu(e)s cité en début de cet œuvre, pour l'explication de cette concurrence électrique. (**Celle crée sous la colline pour les tests secrets de haute technologie d'origine atomique, celle utilisée dans le contre-espionnage et** sabotage non reconnus par les autorités françaises, auxquelles j'indique : Par les agents secrets américains qui sont venus à Toulouse avertir de leurs soupçons d'attentat, et celle liée au réseau EDF/SNPE). De plus les cuves enterrées ont été abimées par la secousse sismique liée à l'explosion souterraine sous la colline de Pech David.

Ainsi : Les fuites des produits chimiques de la SNPE ont été inévitables.

Pour comprendre mes remarques, **« Rappelons ! Les fuites d'un système d'eau non répertorié et le mauvais état de ce système sont à l'origine de l'une des erreurs liées aux préparatifs secrets »**. Système existant depuis les réservoirs d'eaux de Pech David, passant sous la colline de Pech David, allant sous ses entrailles, lié au Pôle chimique AZF et SNPE, mis en fonctionnement au long de la nuit ente le 20 et le 21 septembre 2001.

Ce système, selon mes calculs, est d'une longueur de plus de 4 kilomètres, de tous diamètres confondus, entre 12 mm à 40cm.

« Je mets en cause ce système, pour anéantir toute trace de chaleur perceptible par satellite, notamment par un autre pays. La mise en route du système a créé de nombreuses conséquences de pression dans les usines SNPE et AZF au matin du 21 septembre 2001 ». Et encore…

Au moment du passage de l'hélicoptère de la Gendarmerie Nationale (Revoir les images p.39) s'observe de l'eau au niveau du passage entouré, mais si l'observation est bien approfondie, s'observe que le réservoir voisin ne rejette pas de l'eau ce jour de mouvement sismique intense, tout simplement parce qu'il est « **vide** » car utilisé pour refroidir.

La première question qui m'est passée par la tête au moment où j'ai compris en 2002 la réalité du 21 septembre 2001, était : Qu'est devenue cette eau utilisée pour effacer les traces d'une explosion d'origine nucléaire, « **Radioactive** » ? J'ai fait mon devoir, avertissant la sécurité civile locale. Cela m'a coûté quelques déboires judiciaires. Je n'étais pas vraiment libre d'agir.

En panique certaine, les quelques techniciens qui travaillaient à la SNPE notamment, ce matin du 21, n'arrivaient pas à comprendre les dysfonctionnements des pressions diverses dans l'usine. Chez AZF ce type de problème était moins important, mais observé.

Toujours d'actualité sur Internet, ourdie par Monsieur Pierre Grésillaud. Il ressort des témoignages intéressants que je connais parfaitement, vu que nous avions partagé ce dossier et diffusé sur Internet il y a plus de 10 ans : que deux hommes se sont mis à diffuser l'information d'alerte d'explosion à plusieurs kilomètres d'AZF, au milieu d'un terrain d'athlétisme, de football (stade de Valmy), ceci une dizaine de minutes avant l'explosion d'AZF, faits avérés réels et relatés auprès de la Gendarmerie nationale, toujours est-il, classés « sans suite » par les autorités.

Ce qu'il se sait est que les deux hommes étaient habillés en blousons de travail de couleur bleue, et qu'ils ne travaillent pas chez AZF.

! En principe, les techniciens liés aux travaux de maintenance et régulation sont censés s'habiller en bleu, comme on peut l'observer sur la photo des ateliers BN1 et BN2 de la SNPE. (Revoir les images p.58 et p.59).

En réalité, il y a diverses affaires classées **« sans suite »** qui bordent ce dossier AZF. Autre, les disparitions de pièces importantes ; photos, vidéos, y compris d'êtres humains, dont la cour d'appel de Paris n'est pas complètement informée. Cette institution devra bouger son popotin rapidement, pour affirmer son indépendance et décider de quel côté pencher pour se libérer.

Ce qui est intéressant à comprendre est que ces pièces forment la partie secrète de l'affaire, et sans ces détails, s'ajoutant aux divers rapports de la contre enquête civile, ainsi que les concours des témoins, une nouvelle fois, la justice sera en échec et mat. Ce dossier bloque tout ! Ce que je tente de mettre en évidence est la profondeur de l'épicentre d'une première explosion souterraine grâce aux données sismiques, demandées dans cet ouvrage, pour sauver la justice.

- Toulouse AZF & La révolution française lumière - Page 91

Le premier procureur de Toulouse a d'ailleurs informé rapidement qu'il s'agissait d'un accident à 99%. Deux heures environs après les diverses explosions à Toulouse, sans que l'enquête judiciaire soit vraiment initiée, les médias avançaient cette idée d'accident. Vous savez pourquoi il n'a pas informé qu'il s'agissait d'un accident à 100% : **la confiance**.

Parce que lui-même a fait confiance aux informations qu'il recevait et partageait. Le préfet de Haute-Garonne, Monsieur Humbert Fournier, était parfaitement informé des activités secrètes et de la technologie micro-ondes étudiées, aussi.

Le premier procureur de Toulouse, Monsieur Michel Bréard, n'avait aucune connaissance industrielle et technologique suivie par la DGA (Direction générale de l'armement), il n'est autre que victime dupe du beau parleur Monsieur Humbert Fournier.

Ce dernier, oui, est le « kamikaze » d'AZF.

Saviez-vous que Monsieur le préfet Humbert Fournier était, ou était censé être informé, par les agents de la DST (Direction de la surveillance du territoire), qui ont accompagné les agents américains à la SNPE, de l'heure exacte où ces agents américains sont arrivés à Toulouse, ainsi que l'heure à laquelle ils sont retournés en Amérique, ou ailleurs. Dans l'hypothèse qu'ils sont partis.

CARLOS XERFAN

En effet, un préfet est censé être informé de tout ce qui concerne la diplomatie du pays dans sa région, y compris de savoir quand un diplomate arrive ou va arriver. **Informé par la DST !**

La DST, était un service de renseignement du ministère de l'intérieur, au sein de la direction générale de la police nationale, dont le grand patron en date du 21 septembre 2001 était le ministre de l'intérieur, Monsieur Lionel Jospin, et son subordonné, le directeur de la DST, Monsieur Jean-Jacques Pascal, qui fut aussi Préfet.

Figurez-vous qu'au rôle de la DST s'ajoutait, à la lutte anti-terroriste, la lutte contre la prolifération (matériels sensibles ou militaires) et la protection du patrimoine économique et scientifique français.

Ces services travaillent directement avec des magistrats anti-terroristes et des juges de Paris, voués aux armées, comme par exemples : le juge anti-terroriste Monsieur Roger Le Loire et la juge des armées Madame Nathalie Turquey.

Ce service n'arrête pas de changer de nom depuis 2008, d'abord fusionné en juillet 2008 avec la DCRG (Direction centrale des renseignements généraux), qui a pris le nom de DCRI (Direction centrale du renseignement intérieur), actuel DGSI (Direction générale de la sécurité intérieure). Tout cela n'est pas un hasard.

L'ESPIONNAGE ET LE CONTRE ESPIONNAGE.

Par contre, saviez-vous que ces deux magistrats, initialement Madame Turquey, depuis le 30 juillet et ensuite le juge anti-terroriste Monsieur Roger Le LOIRE, depuis le 05 décembre de la même année 2001, furent les juges chargés d'instruire à charge et à décharge, le dossier judiciaire d'accusation à l'ordre du procureur général de la Seine-Saint-Denis pour des faits de viol d'une jeune Américaine. Ces deux juges tenaient en prison le beau-fils de l'un des directeurs de production de la SNPE de Toulouse, accusé le 21 juillet 2001, par une jeune de 17 ans et demi.

Ce beau-fils, c'est moi-même, avait conçu un programme informatique pour la maintenance de la SNPE et avait une copie complète de toutes les instructions de maintenance de cette usine toulousaine depuis 1998, grâce à l'irresponsabilité de mon beau-père. À savoir ! Avant d'aller accoster des policiers à la gare SNCF proche de l'aéroport Roissy Charles de Gaulle, elle avait été localisée dans les proximités de l'aéroport international, indiquant que peut-être elle serait victime d'une agression, alors qu'elle avait quitté à Nice son groupe de 42 filles au pair, traversant la France, allant seule à Londres pour une semaine, et revenant seule aussi à l'aéroport international en France, suite à son vol annulé en direction de New York.

Pourtant il y avait un autre vol ce même jour prévu pour lequel cette jeune femme était censée être prioritaire. Air France a préféré lui donner une chambre d'hôtel, alors que cette jeune femme était mineure de moins de 18 ans.

Nous étions ensembles au moment de son enregistrement à l'accueil de l'hôtel, par un homme chauve. Faits que nous avons confirmés dans la procédure tous les deux, insistant sur l'homme chauve, au long de l'enquête policière, séparément d'une semaine d'intervalle d'audience.

Bizarrement, il est apparu qu'une employée féminine s'est occupée de son admission à l'hôtel, indiquant qu'elle n'a pas vu l'homme qui l'avait violée.

Jamais ce type chauve n'est apparu dans le dossier pour lequel j'ai passé presque 7 ans pour me faire acquitter.

Cette même jeune américaine n'a pas arrêté de me faire des bisous sur la bouche, de m'appeler mon amour pour que je l'accompagne. J'avoue que j'ai voulu savoir jusqu'où elle irait dans son jeu. Au point de me laisser entraîner sur le lit de la chambre d'hôtel Ibis. Or, par hasard, juste à ce moment-là, les cameras de surveillance de l'hôtel sont tombées en panne pendant deux heures. Pourtant, il est apparut quatre génotypes différents ADN masculins, lors de la procédure scientifique entreprise sur la couverture du lit par la police scientifique de Paris, requise à l'occasion.

Rapport scientifique sur lequel mon avocat, maître Vincent Vielle, a réussit à mettre la main avec grandes difficultés, seulement à la veille de mon procès aux assises, ceci presque sept ans après.

Se sait que mon accusatrice avait une activité sexuelle intense, qu'elle avait passée une semaine de vadrouille, mais avec qui ? En tout cas, elle n'a pas rejoint son frère comme elle l'avait dit.

J'ai mené mon enquête sur cette jeune femme lors de ma sortie de la maison d'arrêt de Villepinte (93), ainsi qu'une enquête sur celui qui se disait mon ami et qui m'avait acheté mon billet d'avion pour rejoindre mon ex-petite amie qui vivait en Angleterre. Tout me prouve qu'il s'agit d'un gros piège mal intentionné de kidnapping. Ce dit ami, informaticien comme moi, travaillait dans une grande société toulousaine. Il était le seul qui savait que j'avais toutes les instructions de service de la SNPE. Je n'en dirai pas plus.

Bien entendu que les services d'intelligence américains se sont rapprochés des services français, parce que cette jeune femme que j'avais abandonnée dans la chambre d'hôtel après des bisous, échange de coordonnées, numéros de téléphone et adresses. Apres avoir quitté l'hôtel, pour tenter de me rejoindre à nouveau, en passant par la gare SNCF proche, elle a procédé à des appels téléphoniques avec une de mes cartes que je lui ai offerte.

Des appels rapides notamment, sauf que l'un de ses appels, le plus long, a été pour une société américaine d'informatique. C'est bien nouveau qu'une femme qui se dit violé, tente de se rapprocher de son agresseur quelques minutes après. J'ai bien compris le piège que par la suite, les français ont repris, pour me garder innocent derrière les barreaux, abusant de mes droits civiques.

Je serais aux Etats-Unis, vu que la justice fonctionne mieux qu'en France, parce qu'en France, elle n'exerce pas ses fonctions séparément de l'État, j'aurais de quoi prouver que cette jeune femme m'a violé. Bien que, j'ai assumé mon rôle d'amant, ignorant qu'elle était mineure.

Tout ce que j'ai dit aux policiers ne m'a servi à rien. Cette nana s'est mutilée avec ses ongles lorsqu'elle était sous la douche, je ne suis pas aveugle. Pourtant elle m'avait assuré que ce n'était rien. Je savais pertinemment qu'elle ne reviendrait plus jamais en France, de ce fait, j'ai insisté pour me faire juger devant une Cour d'assises, et me libérer du piège afin de garder mon honneur. Malheureusement par la suite, au lieu de me laisser tranquille, l'État français, par le biais des subordonnés, a continué en abuser encore, et encore de moi, transformant ma vie en enfer, au point de provoquer la fin de ma vie de couple, inutilement. Pourtant je ne suis pas fâché.

Alors, comment voulez-vous imaginer que la DST s'intéresse à une mise en œuvre d'attentat imaginaire contre la SNPE.

La seule chose qu'ils allaient réussir à assimiler serait que mon affaire était une mascarade américaine pour connaître et se rapprocher de ce qui été étudié à Toulouse, proche d'une base secrète militaire, c'est-à-dire : de la haute technologie.

De l'intelligence, rien que de l'intelligence ! Ils allaient mettre en évidence que certains de leurs collègues étaient là, présent à préparer des choses pas très catholiques.

Le quiproquo d'explosions.

La SNPE ne fabriquait pas des bonbons, elle fabriquait des produits explosifs et des gaz hypertoniques.

Rien ne prouve que certains gaz de la SNPE ne se sont pas mélangés avec celui observé sur les toits de la zone d'AZF au matin créé par effet d'intimité. Ou relaxé volontairement au long de la nuit et/ou au matin du 21 septembre 2001, vu que rien ne s'est passé comme prévu.

J'expliquerai plus loin dans cet ouvrage mes soupçons concernant les pertes volontaires et involontaires de produits chimiques plutôt sensibles de la SNPE, qui se sont mélangés avec celui produit par effet d'intimité au stock d'AZF.

Le gaz dû à un effet dit d'intimité fut l'apport qui a accéléré l'énergie importante, sur les toits du hangar 221 d'AZF, et sa consommation fût si rapide qu'elle était presque invisible.

Cette montée de chaleur est parvenue entre l'explosion de la tour de 'prilling' et celle du hangar 221.

Plusieurs personnes ont effectivement entendu deux grandes explosions aériennes séparées de plusieurs secondes ce jour-là. La première à la SNPE, qui cacherait le bruit sec de l'explosion artificielle sous la colline de Pech David. Cette explosion que le professeur Monsieur Jean-Marie Arnaudiés avait identifiée, sans pouvoir participer au jugement dernier à Toulouse, a été précédée de deux grands éclairs lumineux simultanés.

Selon moi les éclairs ont été ceux en forme de grand « V » (éclairs artificiels électriques) qui ont servi pour mettre à défaut les activités secrètes. Ces éclairs, que j'appelle dans ce livre « le sabotage » ont occasionné le « sifflement » et des « clic-clics » peu audibles.

Se sait d'ailleurs qu'un arbre à la SNPE s'est desséché juste d'un côté (un autre phénomène inexpliqué dans ce dossier) au sein même de la SNPE (je reviendrais plus loin sur l'explosion souterraine sous la colline de Pech David lié à celle de la SNPE).

La deuxième explosion géante, celle de l'hangar 221 de l'usine AZF, qui initialement était accusée d'être l'explosion qui a occasionné la secousse sismique plus importante, a succédé à l'explosion de la tour voisine du hangar, après la consommation des gaz observés par les toulousains. La tour de fabrication de granulés de nitrate d'ammonium rigide a été électrisée par une concurrence électrique terrestre, et touchée par un TMO (tirs micro-ondes).

Si AZF n'avait pas explosé !?!

Les autorités locales dont la préfecture, auraient fait croire que la SNPE était victime d'une explosion sécurisé, n'ayant pas fait de victime. Les données sismiques civiles n'apparaitraient dans aucune instruction judiciaire, l'explosion souterraine serait cachée. L'affaire de l'inconnu électrocuté et incinéré serait étouffée. Les projections de blocs de micro-ondes sur le ciel toulousain passeraient inaperçues du grand publique. Mais !

Rien ne s'est passé comme prévu initialement. AZF a explosé.

Selon la position de chaque témoin, situées sur un périmètre de plusieurs kilomètres, partant de la SNPE, précisément de l'atelier de cogénération de cette usine, certains témoins ont eu l'impression qu'il s'agissait de deux, d'autres d'une seule, et enfin d'autres, de plus de deux explosions.

Ceci s'explique par le fait que le temps entre chaque explosion est différent selon la position géographique de chaque témoin. Parce qu'à Toulouse, ce jour du 21 septembre 2001, il y a eu plusieurs explosions. La ville était ravagée.

Explosions pour certaines explicables par les effets précurseurs et d'autres inédites pour beaucoup de témoins, que même certains témoins ne peuvent pas expliquer précisément. Ils n'ont pas vu venir toute cette pagaille : des explosions de transformateurs électriques, de cuves remplies de produits chimiques, à la SNPE, à AZF, à l'extérieur du pôle chimique, en ville, et partout.

Pour beaucoup des témoins très proches du pôle chimique n'ont pas eu le temps ni le courage d'écouter des explosions, ils avaient les murs, les bris de vitres, les plafonds et les toits sur eux. Ils étaient simplement désespérés, par chance, ils ont survécu.

J'ai bien écouté les enregistrements indiqués par l'auteur de cet article ; je les ai analysés grâce à des outils informatiques.

Il ne faut pas oublier aussi que deux avions de chasse de l'armée de l'air ont été observés juste à ce moment-là, après l'explosion de l'hangar 221 de l'usine AZF, traversant la ville en vol très bas, tout en dépassant la barrière du son.

Leurs objectifs principaux étaient d'apporter la protection aérienne des personnalités invités pour l'occasion secrète. A savoir que : au moins une autorité militaire nationale, pour ce type d'événement important, est sensée être présente. Le chef de l'État Major des forces armées ne peut être absent notamment du fait de l'absence de Monsieur Le Président.

Les drones utilisés dans ce type d'opération ont pour certains une utilisation d'études de ce qui était projeté dans le ciel toulousain et d'autres jouaient un rôle pour la sécurité, la protection de l'événement et des invités. Par disgrâce des différentes explosions à Toulouse, cette opération est devenue un fiasco « **scientifico-politico-socio-économico-judiciaire** » ; des pages et des pages de témoignages.

Les projections de blocs de micro-ondes peuvent être observés depuis le ciel par et avec des outils spéciaux, notamment des lunettes électroniques adaptées. Pour améliorer votre vision cher lecteur, sachez que l'utilisation d'une ogive nucléaire est sensé être accordée par un vote, dans une démocratie qui fonctionne.

Dommage que tout s'effondre !

J'ai recoupé beaucoup de témoignages sur ces aéronefs, non seulement d'avions de chasse mais aussi de drones, d'hélicoptères, l'un d'eux filmé par la chaîne de télévision France Télévision au moment où cet hélicoptère s'est retrouvé dans une panique complète. Il subsiste le doute que le ministre de l'industrie, de l'économie et des finances, Monsieur Laurent Fabius, était dans l'un de ces engins. Il n'a pas été entendu par la justice, ni par la commission d'enquête parlementaire créée à l'occasion. A savoir qu'il était celui qui était censé payer la note, étant le ministre des finances. Vu que l'opération s'est mal déroulés, que les militaires n'ont pas réussi en totalité cette opération, une partie de cette note n'a pas été réglée.

Ce qui m'a immédiatement fait comprendre : la parution d'un groupuscule nommé A.Z.F.

Monsieur Pierre Grésilaud, lui aussi s'est rendu compte que ce groupuscule avait mené une opération proche de la ville La Souterraine en France, sur une voie ferre de la SNCF, sans intention de faire des victimes. Le nom et le logo indiquait le reste. Ce message était clair, il s'agissait bien d'un règlement de compte propre, pour lequel j'étais mouillé discrètement. Seulement plusieurs années plus tard, j'ai appris grâce à Internet, ce qui m'a vraisemblablement étonné, dans un blog informatif consacré sur l'affaire du groupuscule A.Z.F. qui disait : « **La police finit par arrêter un informaticien dénoncé par sa femme jalouse et pour le moins mentalement déséquilibrée, qui sera mise hors de cause par la suite** ». J'imaginais bien que cet article parlait de celle qui est devenue mon épouse et de moi. Information dont les medias n'ont pas communiqué l'identité. Encore une histoire qui tombe de nulle part, dans une logique de troubles. Pour protéger mon ex-épouse, elle n'a jamais était informée de cette parution.

Je profite pour rappeler aux lecteurs ma logique d'enquêteur qui se préoccupe de l'avenir de l'humanité dans une paix mondiale. Il est important de comprendre que la liste de personnes informées pour une manœuvre secrète micro-ondes est courte, et restreinte.

Dans le cas du 21 septembre 2001, seulement quelques personnalités dont le préfet de Région, le directeur général de la SNPE, la directrice de l'OMP, le directeur des réservoirs d'eaux de Pech David sont sensés être informés d'une activité sauvage ayant assistance des galeries souterraines de Pech David.

Pour l'utilisation d'une ogive mesurée atomique, seuls, le chef de l'État et son chef de l'État Major des forces armées, ainsi que les ingénieurs qui manipulent l'ogive utilisée sont informés.

Le maire de Toulouse, ainsi que le premier ministre ne sont pas censés êtres informés. Par contre, vu les conséquences à Toulouse, ils ont été informés par la suite, directement par le Président de la République. Obligatoirement !

Il faut justement éviter les fuites.

Sachez aussi que, Monsieur Pierre Grésillaud fut l'un des meilleurs enquêteurs privés qui a relevé les informations à propos des aéronefs. Pour ma part, je me situe plutôt dans la partie qui explique le sifflement perçu par les témoins, les clic-clics et les « pschitts ».

PSCHITTS

J'ai beaucoup de respect pour Monsieur Garroté qui est un désespéré de plus dans l'affaire AZF, et qui tente de faire comprendre une vérité qui n'a ni queue ni tête, mais lorsqu'il écrit « … grâce à des procédés mathématiques et scientifiques, 'on' a réussi à déterminer l'endroit exact de la première explosion. » indiquant ainsi que la première explosion a eu lieu dans les sous-sols de la SNPE, il me fait presque rire.

Il a raison d'indiquer que le lieu de la première explosion, selon lui, est différent de la seconde. Intéressante interrogation !

Par contre, affirmer que les Français sont maintenus dans l'ignorance de l'existence de ces cassettes, c'est mal relayer l'information.

Cela est une affaire pour les grands hommes, Monsieur Garroté ! Il ne s'agit pas de cassettes, il s'agit de données sismiques militaires cachées car classées « secret-défense ». Affaire qui bloque la justice et effondre ce pays, l'Union européenne, l'union franco-allemande, et cela depuis 15 ans. Pour qu'enfin la France et l'Allemagne ensembles puisse commercialiser leur bouclier antimissiles, qui modifie la fréquence de la pensé humaine.

Ces données sont justement compulsées par cette œuvre pour éviter que la justice au plus haut niveau ne se retrouve dans une situation d'impuissance, ce qui affaiblit davantage ce beau pays.

Cette même justice qui a été mon bourreau pendant plusieurs années au nom du peuple, pour un fait grave, n'a eu aucun doute de mon innocence : les jurés m'ont relaxé suite à 20 minutes de délibéré de Cour d'assises, du jamais vu dans ce pays. Un record qui mérite plus d'attention, bref …

Si les Français sont tenus dans l'ignorance de ces enregistrements sismiques militaires, c'est qu'ils ne sont pas censés d'avoir la capacité de les comprendre. Ils sont sensés juste bons à payer leurs impôts, et avancer. Se divertir avec ce qu'il en reste.

On n'a pas trouvé l'endroit exact de la première explosion souterraine comme l'affirme Monsieur Garroté. Seul Monsieur Pierre Gresillaud a réussi à localiser l'endroit exact.

Il était à côté de moi à ce moment-là après s'être penché sur le sujet pendant plusieurs semaines, devant son logiciel informatique. Il se localise à 2,6 km du cratère de l'usine AZF.

Ceci, chez moi, dans le Marais, à Paris.

En effet, moi et mon ex-compagne, nous l'avons nourri, logé et blanchi, et je lui ai fourni tout le matériel informatique nécessaire pour qu'il travaille en paix.

Ma compagne n'a pas dormi confortablement pendant plusieurs mois, difficile d'aller travailler au matin le lendemain parce qu'il travaillait toute la nuit sur l'ordinateur.

C'est moi qui lui avais donné l'idée de balayer autrement les données sismiques qu'il avait en sa possession, c'est ça qui lui a permis de trouver l'endroit exact de la première explosion occasionnant un mouvement sismique de 3,4 dans l'échelle de Richter.

Lorsqu'il a enfin trouvé l'endroit exact, excluant tous les doutes, parce qu'il manquait une information-clé, il a réussi à sauter de joie. Et encore aujourd'hui, les autorités traitent cet ingénier des mines intelligent et de bon sens, comme un délinquant, alors que cet homme est un « Héros national inconnu », qui vaut plus que n'importe lequel des « attardés » qui a travaillé le 21 septembre 2001 sur ce projet abominable, explosant la ville de Toulouse.

Je maintiens mes dires.

C'est également moi qui lui ai donné l'information qu'un satellite était pointé sur Toulouse au moment de l'explosion d'AZF alors que nous étions en 2006. Toutes ces informations eu été disponibles sur son site Internet entre 2006 à juillet 2016, qui était initialement hébergé sur mon propre serveur FTP (Protocole de Transfert de Fichiers), sur lequel il avait déposé toutes les pièces du dossier judiciaire, ce qui avait créé un scandale, peu relégué par les médias.

- Toulouse AZF & La révolution française lumière - Page 107

Se soutenir ! Cet ingénieur était nourri, logé par mes soins et ceux de ma brave ex-compagne. Autrement, il aurait sûrement déjà été tué par les services secrets français, proches de la présidence de la République de 2006.

Le problème judiciaire de ce dossier, qui fait qu'il n'arrête pas d'être transféré d'un tribunal à l'autre, est qu'il était dirigé depuis 2001 pour un jugement en correctionnelle. Or, si on observe bien, ce dossier est un dossier criminel, pour lequel des jurés civils auraient été censés le clôturer.

Comprendre ce dossier, c'est comprendre qu'il y a un innocent, enfin, à moitié innocent, dans le box des accusés. Il s'agit de l'ancien directeur d'AZF de Toulouse, Monsieur Serge Biechlin, que j'ai connu au cours de mes investigations, et questionné.

Parfois je pense que j'ai été un peu dur avec Monsieur Serge Biechlin vu qu'il s'est présenté à mon procès aux assises au deuxième jour du procès, afin de témoigner en ma faveur. Il n'a cependant pas eu besoin d'aller à la barre pour affirmer ou infirmer que j'étais bien enquêteur sur l'affaire des diverses explosions à Toulouse.

J'avais justement préparé ma défense mettant en évidence que j'étais bel et bien la première victime des essais militaires secrets franco-allemano-suisses. Les décédés et blessés toulousains les suivants.

- Toulouse AZF & La révolution française lumière - Page 108

Comme un vrai militant, ma stratégie s'est avérée payante.

Au matin du deuxième jour de procès, le doute d'une quelconque agression était largement écarté, vu qu'il n'y a pas eu d'accusatrice, ni au début, ni au milieu, ni à la fin de la procédure judiciaire, vu que seulement les procureurs s'étaient imaginés qu'ils allaient me condamner sans que les bases, y compris pour une mise en détention, soient respectées, comme exemple : un débat contradictoire.

La Cour d'assise de la Saine Saint Denis (93), présidée par Monsieur Dominique Coujard, a décidé, en accord avec les jurés, d'arrêter le procès et de m'acquitter, encore tôt au matin.

Le témoignage de Monsieur Serge Biechlin était donc devenu inutile. Si j'affirme que je suis dur avec lui, c'est que je ne serai pas présent à son procès. Peut-être que lui non plus, d'ailleurs, si le président de la République décide enfin d'apporter les preuves sismiques militaires. Sera là un autre débat qui n'est pas de mes oignons.

Pour clore le débat principal présenté dans l'article de Monsieur Garroté, voudriez-vous savoir pourquoi le journal le Petit Bleu d'Agen, déplore l'information et dénonce, parce que le journaliste Dominique Delpiroux est « bœuf » qui a un joug au cou attaché par une corde, tenu par Monsieur Jean-Michel

- Toulouse AZF & La révolution française lumière - Page 109

Baylet, propriétaire de la Dépêche du Midi de Toulouse, mais ce n'est pas tout, rappelez-vous ! Que le journal Suisse a divulgué au lendemain des diverses explosions de Toulouse, des informations tenues discrètes. Ils ont parlé d'ailleurs que la SNPE avait une menace terroriste.

A savoir : quand vous comprendrez que les journalistes, qu'ils soient suisses ou français, se passent les informations entre groupes d'amis, pour avoir les budgets, vous savez ce que ça veut dire, c'est que les journalistes sont bien informés.

En France, le quotidien Le Monde fait la même chose. Croyez-vous que le président de la République, quand il se réveille le matin, va lire les « messages » de la Dépêche du Midi ? Mais non, vous rêvez cher lecteur, soyez plus chic, il lit Le Monde. Celui qui risque de lire la Dépêche du Midi ou un autre quotidien local est son premier ministre, qui est censé connaître et résoudre les problèmes de son pays.

Suis-je clair ?

Je profite aussi pour parler des différents quiproquos des ouvrages sur l'explosion de l'usine AZF parus en 14 ans. Pour la plupart de ses ouvrages, se basent sur des sources bonnes. Ils sont divisés sur les différents problèmes électriques, ou une explosion initiale à la SNPE. Tous ont un seul point commun : AZF est victime.

Mon interprétation est basée seulement sur les ouvrages techniques, allant dans la partie d'incompréhension de la justice toulousaine, adjugé incompétente par la Cour de cassation de Paris sur cette affaire. Parce que son organisation aurait été étudiée pour incriminer l'usine AZF.

Ces ouvrages ont apporté une partie de la réalité. Monsieur Daniel Depris par exemple expose une explosion dans les sous-sols à la SNPE liée à un attentat terroriste, dont ressort l'individu incinéré.

Les divers journalistes écrivant, dont Messieurs Thierry Deransart, Marc Mennessier, Franc Hériot et Jean-Christian Tirat, Guillaume d'Alessandro ont été pas loin de la vérité, « Ils manquaient juste beaucoup de liberté et de courage ».

J'ai eu l'honneur d'ailleurs de diner avec Monsieur Guillaume d'Alessandro à Paris où j'ai habité.

J'ai faillit m'ouvrir davantage à ce journaliste lors de notre diner, diner auquel je l'avais mis en garde pourtant avant qu'il écrive son livre. Au long de notre rencontre, il m'a donné des motifs pour ne pas lui faire confiance sur ce que je pensais lui annoncer. Motifs qui m'ont fais beaucoup réfléchir à ma décision de ne pas lui expliquer mes certitudes. Tout au plus que, juste à ce moment là, j'étais victime d'une affaire liée directement aux essais secrets de Toulouse qui attendait un jugement pour lequel j'ai forcé la justice à me juger en Cour d'assises.

- Toulouse AZF & La révolution française lumière - Page 111

Cela s'est passé au moment où la décision de recriminalisation par la cour d'appel de Paris de mon affaire se préparait.

À la sortie de son livre, Monsieur Guillaume d'Alessandro est devenu dégouté d'avoir écrit son ouvrage, suite aux différents malheurs qui lui ont été imposés, pourtant, il est un grand journaliste de terrain. Notamment un grand journaliste d'investigation, je le salue ; Monsieur Daniel Dissy, propose toute une séquence de problèmes électriques, dans divers ouvrages. Ce dernier est le seul qui connait aujourd'hui ma stratégie pour réussir ce qu'aucun d'entre eux n'a réussi. « Et entre attentat, explosion à la SNPE, on ne sait plus quoi penser dans une situation totale d'échec judiciaire ». Ils sont tous, principalement les journalistes, déçus de la justice en France sur ce dossier. Je ne suis pas étonné actuellement que les journalistes se mettent aussi contre l'intérêt politique en France. Il existe une attente pour un grand changement, auquel les hommes et femmes politiques les plus connu(e)s ne se feront pas plaisir de participer sur les plateaux de télévision au moment des prochaines élections.

J'aimerai saluer le travail des journalistes placé dans cette affaire, spécialement le travail de l'un d'entre eux, Monsieur Krim Khetah, pour avoir diffusé une bonne partie de la vérité sur cette affaire. Notamment l'explosion de la tour d'AZF. Par la suite, il a trouvé la direction du chômage. Lui aussi un excellent journaliste d'investigation apprécié par le milieu toulousain.

- Toulouse AZF & La révolution française lumière - Page 112

Ce qui est assez curieux dans cette affaire d'explosions est que beaucoup de personnes de tous milieux s'estiment avoir explosé la ville rose involontairement. J'ai eu la chance de connaître ces histoires inconnues du grand public. Les gens s'approchèrent de moi pour m'expliquer comment ils ont fait pour exploser la ville et me demandèrent des conseils. Parfois même, ils m'apportèrent d'autres histoires parallèles liées directement à l'affaire. Tous ont étaient rassurés qu'ils n'ont pas fait exploser Toulouse. D'ailleurs, ceux qui pensent avoir initié les explosions dues aux mélanges de produits chimiques au sein de la SNPE, pourront grâce à mon témoignage se libérer de ce fardeau.

LA BASE SECRÈTE DE PECH DAVID.

J'ai connu personnellement en 1991, lorsque que j'étais stagiaire au CHU de Rangueil qui est l'un des hôpitaux publics de Toulouse, la base secrète de Pech David dans une visite brève d'environ 1 heure, accompagné de mon chef électricien de l'hôpital. Ce jour là, j'ai reçu un bloc de consigne de mon chef aujourd'hui disparut.

Je savais pertinemment lors de mes premiers jours d'investigations, qu'il ne s'agissait pas de prouver l'explosion de l'usine AZF, mais l'effondrement d'un État tout entier, d'une Union européenne désastreuse, pour sauver la justice.

A rappeler aussi ! La mise en place d'un plan Vigipirate renforcé à la SNPE.

Depuis la fin du mois d'août 2001. Les agents américains étaient informés que j'étais accusé par une jeune américaine. L'ambassade américaine à Paris, informée avant que je sois arrêté le 28 juillet 2001, a placé un avocat pour assurer les intérêts de la jeune américaine. Sans pouvoir faire grand-chose, vu que sa cliente ne voulait pas se présenter en France. Je ne pouvais pas parler non plus davantage pour les juges.

Dès le Ier septembre 2001, des agents américains se sont postés, auprès des installations de la SNPE, pour préparer en cas de besoin le sabotage contre les intérêts de la France concernant les activités secrètes pour l'acquisition de la technologie étudiée.

Les techniciens français n'ont pas été intelligents d'exercer des tests secrets en la présence des agents américains. La même technologie aujourd'hui utilisée pour la mise en place du bouclier anti missiles européen. Encore une fois, dans une ignorance générale, franchissant l'idée de base des principes fondamentaux humains accordés, l'État français avec le bouclier antimissile prend un risque géant couvrant de nuages le ciel des grandes villes. Leur bouclier antimissiles est dangereux et mal élaboré. Je rappelle !

Ce que je veux dire, qu'il transformera les citoyens en zombies, vu que la France depuis déjà plusieurs années vit en état de guerre. Bref ! Les concomitances pour cet instrument de défense ce sont réunies au hangar 221 de l'usine AZF, quelques secondes plus tard, justement après, des sifflements.

Si je parle avec certitude de telles manœuvres secrètes franco-allemano-suisses, du meilleur scénario européen, Toulouse, c'est avec la même assurance que j'avais trouvé précisément sur des films amateurs, exactement ce que j'ai recherché depuis mars 2002. Des blocs de plasmas traversant le ciel du pôle chimique toulousain, ceci grâce aux fumées dégagées par les diverses incendies, des projectiles indécelables par temps clairs. Toulouse n'a pas été choisie par hasard.

Mes explications aboutissent à la compréhension de diverses autres hypothèses lancées sur cette affaire.

Il est vrai que selon la position de chaque témoin, l'histoire diverge et cela est tout à fait normal. Parce que la zone auquel se localise les effets précurseurs, partant du hangar 221, est d'un rayon de plusieurs kilomètres au niveau terrestre, de plusieurs dizaines de kilomètres au niveau aérien, ainsi que plusieurs centaines de kilomètres au niveau spatial. Cette interprétation mérite un peu de concentration pour une compréhension totale, initiez-vous, maintenant !

SOYEZ ATTENTIF AUX SIFFLEMENTS.

EXEMPLE DE TEST EXTÉRIEUR DE PROJECTION DE FAISCEAUX IONISANTS.

Un faisceau lumineux se faire détourné de sa trajectoire.
Percutant une plaque d'acier expérimental.

Dans le monde, depuis plus de 50 ans, diverses parutions de lumières extra-terrestres et maintes disparitions humaines, sont intimement liées à des tests sauvages micro-ondes interdits. Ces histoires sont très peu dévoilées par les nations qui exploitent cette technologie, soi-disant au nom de la défense et de la recherche, entre autre médicale ; et la France en fait partie. Or le but réel est de capitaliser les forces de la nature pour fabriquer, en particulier, des armes de défense contre-productives.

Le sabotage pour limiter l'accès à cette technologie est très connu des bureaux de contre-espionnage des pays qui sont en avance au niveau technique. Pourtant les journalistes français sont au courant et ce n'est pas par hasard que mon histoire reste étouffée en France parce que depuis plus de 10 ans je dénonce ces activités micro-ondes. De plus, toutes les informations que j'ai diffusées à propos d'AZF, ont été transformées par les médias pour entériner la thèse d'un attentat à la SNPE. Si on observe bien, on peut en effet arriver à cette conclusion...

Réfléchissons ! Il est possible de dire que l'explosion de l'usine AZF est un attentat, mais pas un attentat prémédité contre la SNPE ou AZF, comme beaucoup de médias tentent de nous le faire croire.

Il s'agit en fait d'un attentat contre l'humanité, c'est-à-dire contre les « Principes Fondamentaux » de la république française et d'autres républiques dans le monde, un attentat contre les « Droits de l'Homme et du Citoyen ».

Ce n'est pas un hasard que tous les présidents qui ont et qui vont succéder à Monsieur Jacques Chirac vivront un chantage à cause de l'omerta, tant qu'ils ne seront pas libérés de ce fardeau.

Ainsi ce beau pays s'autodétruira en allant droit dans le mur. En même temps, c'est cette affaire qui permettra d'ouvrir un dialogue définitif pour une politique cohérente et le futur bien-être de l'humanité.

En unique solution, il faut inciter le président à s'expliquer solennellement. Aidons le à se sortir de son état de chantage général. Même dans l'échec, par la vérité, le pays aura plus de chance pour rebondir à nouveau, je vous réexplique.

Autrement il accordera des lois absurdes les unes après les autres. S'il décide d'apporter le document secret au dossier judiciaire d'AZF, sa décision obligera la France à donner des explications internationales. La France pourrait ainsi montrer au monde entier que tous devraient suivre son exemple. « Le bon exemple », c'est exactement ce qui manque dans le monde, et il est légitime que la France prenne ce rôle, en tant que « **miroir de l'humanité** », ou qu'elle assume l'abandon de son rôle.

Grâce à l'accélération des échanges d'informations, la guerre invisible entre les nations, technologique, atmosphérique, climatique, médiatique, ne servira finalement à rien. On pourra ainsi continuer à épandre la mondialisation à tous les domaines, et non pas seulement qu'au niveau économique, à cause d'une gestion financière intercontinentale déployée plutôt en forme de blocus.

L'humanité comprendra que cette guerre est volontaire, menée par un petit groupe dans le monde qui essaie de nous priver de toutes les ressources naturelles pour bénéficier de l'appropriation de toute vie sur terre. Dont la France, l'Allemagne, la Suisse investissent dans une action dangereuse et inutile.

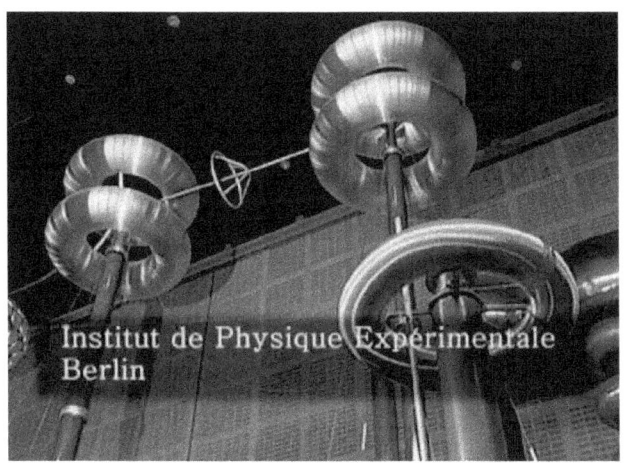

Teramobile, projet franco-allemano-suisse : foudre dirigée. Trois piliers électrostatiques géants pour simuler un éclair et récupérer les énergies produites. Une installation complexe.

A fond, les deux équipements en forme de cercle représentent les nuages et la terra. Un ensemble d'équipements sur roulettes.

- Toulouse AZF & La révolution française lumière - Page 119

Le pire est d'imaginer que ces mêmes hommes sont issus de grandes écoles. Ils pensent que le monde tourne autour d'eux, alors qu'en réalité, ce sont eux-mêmes qui tournent autour du monde. En général s'ils ne sont pas atteints de folie, certains comprennent qu'il n'y a pas de sens à la vie mais qu'elle est simplement belle à vivre, quelles que soient les questions que l'on se pose.

On les compte sur les doigts d'une main, les pays qui mettent des fortunes astronomiques pour avancer dans l'acquisition d'un élixir de plasma le mieux élaboré. Russes, Américains, Français, Allemands, Suisses, sont à la pointe de cette technologie.

En ce qui concerne les essais secrets à Toulouse, l'utilisation d'une bombe atomique est une atteinte universelle qui ne devra plus jamais se reproduire. Je répète, la France n'a rien fait qu'un autre pays ne pourrait faire.

Qu'attend-il, le peuple, bras croisés, pour demander la vérité au seul homme du pays pour faire connaître l'épicentre de l'explosion souterraine, l'actuel président de la République ?

L'omerta sur les tests secrets qui ont occasionné diverses explosions à Toulouse, mettra fin à la construction de l'Union Européenne par le sang, telle qu'elle est organisée, j'en suis plus que certain.

Teramobile – Essais de foudre dirigée au CEAT (Centre d'essais aéronautiques de Toulouse) financés par la DGA (Direction générale de l'armement).

Je fais un appel : si quelqu'un en Europe connaît une affaire aussi délicate et incohérente que celle de Toulouse, qu'il ait le courage et la liberté de la divulguer, ceci dans le but d'en tirer une leçon importante et indispensable contre la désunion européenne actuelle. Ce, pour l'union des peuples, la paix, la communion, au sein de la communauté européenne comme l'ont toujours rêvé les Européens.

S.V.P., sans bouclier anti-missile, notamment européen, qui nous déconnecte de notre vraie nature.

Dommage que cette union initialement franco-allemande ait comme base commune, le mensonge...

- Toulouse AZF & La révolution française lumière - Page 121

Quand la France se soignera de cette maladie de gagner par sa puissance à chaque fois, oubliant toutes ses chances, et qu'elle s'humanisera davantage, elle pourra tenter de construire avec ses voisins, l'union des Européens. Je parle bien de l'administration générale y compris l'administration judiciaire. L'Allemagne aussi peut continuer à se soigner.

Je pense que j'ai assez de liberté pour exprimer ma pensée. Le meilleur médicament est la joie populaire. Elle commence par ce qui reste dans notre portefeuille, après les impôts.

Selon moi, de maintenir le mensonge au sujet d'une bombe atomique mesurée qui a explosé proche d'une population, mettra fin aux rassemblements populaires, qui ne feront pas l'effort de demander les documents sismiques militaires secrets qui impliquent la classe politique européenne.

Autrement dit, les pays tomberont dans le piège où les populations européennes entreront en confrontation, créée de toute pièce afin de détourner l'attention des classes. Il faut de la technique pour relever ce défi, une totale compréhension de nos actions, sans tromper la confiance.

Notre Terre nous parle, à nous de savoir l'écouter.
Libérons nos sens ! Et dans l'occasion future,
plantons des arbres, partout.
- Toulouse AZF & La révolution française lumière - Page 122

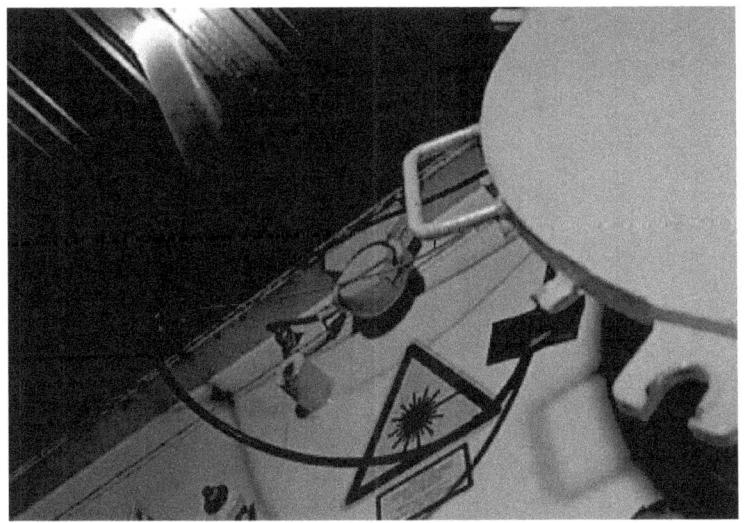

Container Teramobile et son canon, de projection, tube de 40 cm de diamètre pour projection atmosphérique de blocs micro-ondes.

Ce type de matériel qui bafoue les principes humains initiaux est utilisé pour la défense spatiale, le plus connu étant le bouclier antimissile, étudié initialement par les Allemands pendant l'occupation allemande en France au cours la 2ème Guerre mondiale. Une autre union franco-allemande mal élaborée.

Positivez la vie. "Remember ! IT'S NOT A FAKE"

Avez-vous compris ce qui avait provoqué les sifflements et les clic-clics ? Voyons c'est facile !

NOTA BENE DE PIERRE GRÉSILLAUD (2008).

La totale compréhension des événements du 21 septembre 2001 ne peut apparaître qu'à une seule condition : avoir découvert et compris que le principal événement ne se trouve pas sur le site industriel mais bien ailleurs, loin de là, sous les entrailles de la ville de Toulouse !

A la lumière des nombreux témoignages récoltés par la justice, par des investigateurs persévérants, je pouvais constater l'existence d'une collection de phénomènes arrosant les deux sociétés AZF et SNPE au même moment.

Deux ou trois faisceaux très lumineux ont traversé le secteur industriel à différentes altitudes d'est en ouest, d'autres, parfois partiellement invisibles, ont tétanisé des ouvriers, électrisé leurs extrémités, enveloppé des structures métalliques comme des vagues de chalumeaux.

Au sud du site industriel, sur l'îlot aux lapins (îlot voisin de la SNPE) et à l'extrémité nord de l'îlot du parc toulousain, des témoignages visuels permettent de réaliser que deux séries de faisceaux quasi-verticaux ont apparu 10 secondes avant et 20 secondes après l'explosion dévastatrice du hangar 221. Ce fut même après examen précis plutôt 5 à 6 secondes avant et 24 secondes après l'explosion du hangar 221, c'est- à-dire 10h18'00 et 10h18'30 !

CARLOS XERFAN

Ces secteurs caractéristiques des éclairs rectilignes éblouissants semblent être proches du poste 225 kV Onia 2 et du poste 63 kV Château d'EDF-RTE.

D'autres témoignages très étonnants ont mentionné la présence de nuages opaques, presque ouateux, à basse altitude, en train de couvrir deux secteurs dès les premières heures de la matinée : un au nord de la ville entre la place Saint Cyprien et le boulevard Laffitte, l'autre dans le secteur nord-est d'AZF.

Quelques minutes avant l'explosion du hangar 221, des automobilistes ont même parlé d'un brouillard entre les axes routiers et ferroviaires des ponts d'Empalot et le nord d'AZF et de la SNPE qui longe ces axes. Tout ceci a comme décor le bassin sédimentaire de la Garonne qui relie le sud et le centre ville de Toulouse.

En fouillant de près dans les instructions de service de la SNPE, on pouvait s'apercevoir que si le lien électrique entre la SNPE et AZF existe bien avec une liaison 63 kV le long du pont de phosgène, il n'y a cependant rien d'autre ailleurs.

La ligne 63 kV qui part du poste Ramier de la SNPE contourne AZF par le nord et atteint sans passer sur son terrain le poste EDF de Lafourguette. Aucun lien terrestre connu et exploité entre la SNPE et AZF ne ressort... L'hypothèse d'anciens liens conducteurs souterrains n'est pas nécessairement exclue, mais le passage sous la Garonne est peut probable même en étudiant les quelques documents anciens qui font mention de galeries souterraines traversantes. Bref, l'idée de faisceaux aériens sur la SNPE et AZF à différentes latitudes avait certainement une origine ailleurs, au-delà du site chimique. La SNPE ne pouvait être l'initiatrice de tous ces faisceaux.

Cette quasi-certitude inspirée du document SNPE que détenait cet « **Aventurier** » brésilien m'a poussé à regarder de près les seuls documents précis et complets à ma disposition : les sismogrammes du réseau sismique des Pyrénées.

Ces courbes ultra-précises bien qu'adaptées aux périodes lentes des ondes sismiques naturelles en général mesurées par ces sismographes avaient le mérite de correspondre à des points d'enregistrements en nombre compris entre 70 et 160 km sur une demi-bande circulaire au sud de Toulouse. L'idée de vérifier une certaine homogénéité des vitesses de déplacement des ondes de compression issues de l'épicentre et arrivant en premier sur les sismographes me permit de découvrir quelque chose de surprenant… Un balayage matriciel régulier et fin sur Toulouse couplé à une recherche $1/100^{ème}$ de seconde par $1/100^{ème}$ de seconde dans la période supposée connue du principal séisme, me permit, grâce à un outil informatique cartographique conçu spécialement, de mettre en évidence qu'un secteur précis de Toulouse respectait avec très peu d'écart une très grande homogénéité des vitesses d'ondes sur plus de douze des sismographes les plus proches.

Je n'en revenais pas ! Cette convergence était certaine et extraordinaire. Une telle coïncidence ne pouvait être due au hasard. Elle ne pouvait avoir qu'une seule explication rationnelle : l'épicentre principal qui a pu sensibiliser des sismographes jusqu'en Allemagne et déclencher une magnitude de 3,4 sur l'échelle de Richter se trouvait dans cette zone.

Et cette zone était à 2,6 km au sud-est du cratère d'AZF !

L'idée que l'épicentre principal n'était situé pas au cratère était pour moi, dès le départ de mes recherches, une évidence. La magnitude de 3,4 correspondait à un équivalent TNT de plus de 70 tonnes, et même si la masse de l'ammonitrate du hangar 221 était de 300 tonnes, plus des ¾ n'avait visiblement pas été consumé et s'était répandu sur tout le bassin de la Garonne.

De plus, les dégâts dus à l'onde de choc aérienne étaient manifestement démentiels et montraient bien que l'énergie dégagée par l'explosion de ce tas d'ammonitrate était en grande partie aérienne.

La présence d'un cratère profond et large, formé dans le sol comme l'impact d'une boule de pétanque pointée dans un bac à sable, montrait également qu'une partie de l'énergie avait été également consacrée à la création de cet immense cratère, aux lèvres bombées. Bref, il était difficile d'imaginer que plus de 10 tonnes de ce tas d'ammonitrate avait réellement servi à la transmission d'ondes sismiques dans le sol. Avec un coefficient d'équivalent TNT inférieur à 30%, l'idée de 3 tonnes d'équivalent TNT était déjà une limite large. Et cela correspondait à une magnitude nécessairement inférieure à 2 sur l'échelle de Richter.

Les effets d'ondes de surface de cette explosion pouvaient parfaitement être ressentis significativement à moins de 5 km mais en rien, l'énergie matérialisée par ce cratère pouvait réveiller tous les sismographes d'Europe.

Un séisme principal très éloigné du site industriel, deux explosions enregistrées lors de différentes conférences, la première localisée à la SNPE, la seconde au cratère d'AZF, des faisceaux ou des éclairs lumineux à différents endroits du bassin de la Garonne, tout ceci élargissait le décor du drame bien au-delà de tout ce qui avait été imaginé par les experts officiels étrangement accrochés à la seule explosion d'AZF et par d'autres investigateurs, qui soupçonnaient une origine sismique et explosive dans le secteur de la SNPE.

De cette découverte souterraine, il résulta dans les mois qui suivirent d'autres découvertes de plus en plus étonnantes, dont certaines ne purent apparaître sans l'aide de Carlos, un connaisseur avisé du milieu toulousain.

Ce fut d'abord la zone de l'épicentre initial compris entre l'hôpital militaire du Larrey au sud, le CHU de Rangueil au nord, le chemin de Pouvourville à l'est et le chemin du Vallon à l'ouest. Cette zone, propriété de la ville de Toulouse, était inconstructible et disposait d'un bois en forte pente. Mais elle bordait l'est de la colline de Pech David, zone elle-même en majorité inhabitée et aménagée en espace de plein air.

Mes deux premiers réflexes furent d'interroger les habitants les plus proches. Et là, les surprises s'amoncelèrent. Le propriétaire de la seule vieille maison du quartier, avant même que je lui annonce le lien avec AZF de mes recherches, m'avoua qu'il entendit, en 1991, pendant trois mois, dimanche compris, des bruits de marteau-piqueur légèrement perceptibles dans ses cloisons et absolument inaudibles à l'extérieur de sa maison isolée. Il n'avait jamais compris de tels phénomènes et avaient interrogé les voisins les plus proches pour se rendre compte qu'aucun d'eux ne faisait de travaux de ce type.

C'est probablement en lui annonçant la vraie raison de mon appel, que cet ingénieur du CNES réfléchit en même temps que moi sur la probable construction d'une base souterraine à proximité de son terrain. Sa maison en fait, à 100 mètres près, était sur le point moyen idéal de l'épicentre ! Des témoins de ce secteur avaient parfaitement ressenti des effets sismiques plus de 15 secondes avant les effets du souffle.

Ce délai plusieurs fois mentionné était bien trop élevé pour être attribué à l'unique cratère d'AZF. Dans ce secteur, seules moins de 6 secondes pouvaient correspondre à un délai entre les ondes de surface générées par le cratère et l'onde de choc aérienne. Les étudiants de l'amphithéâtre de la faculté de médecine à 250 mètres au nord de l'épicentre ont confirmé ces deux événements espacés, la responsable de la loge du lycée Bellevue aussi. Bref, cette zone de Rangueil avait bien été le siège d'un séisme. Quel ne fut pas mon étonnement en découvrant qu'une grande fissure verticale avait été créée sur la façade Sud des urgences du CHU de Rangueil. Une photo et des témoignages confirmèrent sa date sans aucun doute et pourtant, le souffle de ce côté avait été très modeste comparé aux zones ouest et nord du CHU. Les vitres à côté de la fissure étaient intactes.

J'avais grâce à ces documents encore la trace d'un séisme proche significatif. Toute cette zone est en plus, séparée du bassin sédimentaire de la Garonne d'AZF par une colline rocheuse imposante sur plus de 1,5 km de large et jusqu'à 260 mètres d'altitude; tout ici était là pour atténuer les effets des ondes de surface d'un séisme très modeste comme celui du cratère.

Le lien avec la catastrophe démentielle de ce 21 septembre, depuis ce secteur sud-est de Toulouse très éloigné d'AZF, semble fou, et pourtant il existe bien !

D'ailleurs, les personnes qui travaillent directement sur cette enquête dont Carlos, sont bien connues par le corps judiciaire censé apporter la lumière de l'explosion du hangar 221 d'AZF. Ils connaissent l'ensemble des travaux que notre équipe diffuse. Un autre aspect étonnant de cette zone allait mettre en évidence ce lien.

Fin décembre 2004, à peine un mois après le calcul de l'épicentre, en fouillant le bois en pente, je m'aperçus qu'une conduite souterraine d'eau de 40 cm de diamètre apparaissait sur plus de 5 m, sous des orties, au pied du chemin du Vallon, à moins de 200 m de l'épicentre. A cette époque hivernale, les orties étaient très discrètes et la conduite, depuis l'orée intérieure du bois en pente, était très visible.

Une telle conduite d'eau en fonte, conductrice, qui semblait aller vers le collège de Bellevue en s'enfonçant dans le bois en pente ne pouvait, en toute logique, être ici que pour alimenter ce collège et éventuellement, continuer vers l'autre versant de Rangueil. Et depuis ce jour de la fin 2004, commença le mystère du réseau d'eau potable. Je fis venir Carlos dans ce secteur de Toulouse quelques jours plus tard. Il avait quelques notions de « plomberie ».

En tapant sur la conduite avec une grosse clé en métal, il apparut à Carlos que cette conduite contenait autre chose que de l'eau, plutôt quelque chose de compact, empêchant la résonance attendue.

En février 2005, à notre demande directement auprès des services de Véolia Environnement, anciennement la CGE (Compagnie Générale des Eaux), un des ingénieurs, sollicité par le personnel de la CGE, contractant auprès de la ville de Toulouse depuis les années 2000, très étonné par cette conduite avoua qu'il pensait que cette conduite dépendait de l'ancien réseau du rectorat géré par la SAUR.

Mais il nous confirma, selon lui, que cette conduite d'eau potable conséquente alimentait le collège Bellevue. Il ne pouvait en être autrement, et il nous avoua que la SAUR n'avait pas transmis tous les plans de son réseau et cela expliquait qu'il n'en était pas sûr.

Devant son peu d'assurance, quelques jours plus tard, le fameux « **délinquant** » Carlos se permit de trouer en deux secondes avec une perceuse cette conduite. Et, oh, surprise !

Il n'y avait pas de pression.

Pour une telle conduite de 40 cm de diamètre, 5 bars, de pression était au moins attendu… mais non… l'eau semblait n'être qu'un simple remplissage et Carlos put sans problème visser une vis pour la reboucher efficacement, avant que nous quittions les lieux. Cette fermeture provisoire a tenu plus de six mois sans aucun souci. Aucune variation de pression n'a donc été appliquée sur cette conduite.

Pourquoi cet énorme mensonge des ingénieurs de la CGE ?

Pourquoi aucune cartographie, malgré nos multiples demandes auprès de Véolia Environnement, de la SAUR, de la ville de Toulouse, n'était accessible ?

Pourquoi le député adjoint à la mairie, Monsieur Diébold, chargé des travaux, ne s'inquiète pas de cette conduite non protégée, et se rassure avec quelques travaux en projet dans le secteur alors que depuis des années, cette conduite souterraine n'était plus souterraine sur plusieurs mètres et donc était donc susceptible d'être victime de tout type d'agression ?

Et si cette conduite allait ailleurs et avait une autre fonction ?

Ce réseau ancien d'eau potable ancien eut une meilleure identification lorsque le responsable des services techniques du rectorat m'affirma qu'à son avis, le réseau d'eau potable anciennement géré par la SAUR n'était plus exploité depuis 1999 et que, notamment, le réservoir de Pouvourville en haut du chemin du Vallon ne servait plus à alimenter le réseau actuel.

C'est à partir de ce moment qu'une idée précise prit petit à petit le dessus…

Carlos, qui déblaye la conduite en acier, à Pech David.

Parution d'une conduite suite à un effondrement de terrain.

La présence de faisceaux verticaux en forme de « V » à 10h18'30, la même présence, exactement au même endroit vers l'îlot aux lapins, d'un des deux faisceaux du « V » (le « \ ») à 10h18'00, la présence d'un autre faisceau vertical 5 km au nord face à l'hôtel de région Midi-Pyrénées, me poussait à croire que ces faisceaux étaient volontaires et maîtrisés.

En revanche, les différents faisceaux lumineux horizontaux, sur des axes divers, au-dessus du site industriel, semblaient accidentels même s'ils étaient du même ordre d'intensité lumineuse que ceux aperçus vers l'îlot des lapins. Et tous étaient apparus, dans la même période, quelques secondes avant l'explosion du hangar 221.

L'idée que le faisceau « / » du « V » initialement prévu dans la première salve de 10h18'00, s'était transformé dans cette collection de faisceaux horizontaux, germait dans mon esprit.

Je rejoignais alors l'idée que le lien entre le point émetteur des faisceaux vers l'îlot aux lapins et les sources des faisceaux horizontaux à l'est de la SNPE et donc depuis la falaise des côtes de Pech David, pouvait tout simplement être l'ancien réseau souterrain des conduites d'eau potable de la SAUR.

En effet, dans le cadre de tir de faisceaux électromagnétiques, l'utilisation d'une antenne géante constituée de conduite métallique conductrice n'était pas exclue. Mais alors, si on peut imaginer qu'une partie du réseau d'eau ancien de la base souterraine, rejoint à 2 km plus à l'ouest le secteur de l'îlot aux lapins, l'idée que le séisme initial avait provoqué une mise en contact temporaire du reste de tout l'ancien réseau était tout à fait envisageable.

L'ancienne usine de traitement des eaux basée face au nord de la SNPE, au pied de la colline de Pech David, le long de la Garonne, avait une conduite d'arrivée coupée provenant des entrailles de la colline. Un d'un faisceau lumineux semblait provenir de cette direction relativement basse.

D'autres points semblables depuis le réseau souterrain de la falaise de Pech David étaient à supposer, faute de plans cartographiques à disposition.

La base souterraine devenait alors le point énergétique de départ avec, comme antenne géante, un réseau spécialement préparé et allant dans la direction de l'émission verticale et finale de l'îlot aux lapins.

Le séisme au niveau de l'épicentre avait alors provoqué depuis le reste de l'ancien réseau souterrain des faisceaux intenses, dirigés dans le prolongement des conduites d'eau inexploitées.

L'effet de ces faisceaux à 10h18'00 pouvait avoir mis en jeu une série d'incidents dans les zones par le simple contact de ces faisceaux avec des parties conductrices propices à des inductions électromagnétiques.

Mais pourquoi le tas d'ammonitrate dans le hangar 221 ? Ce tas n'est pas susceptible, même avec une source d'énergie aussi intense, de réagir et d'exploser. Deux hypothèses tout à fait crédibles purent être envisagées.

La première hypothèse proposée par Bernard Rolet, entre autre, ancien inspecteur des sites chimiques du type de ceux d'AZF, repose sur l'explosion antérieure de la tour de Prilling située à 60 m au sud du hangar 221. Plusieurs témoins, sur la rocade, sur la route d'Espagne, le long de l'usine, au sein de l'usine AZF elle-même, ont vu le haut de cette tour décoller et se fendre en deux avant de retomber au moment même de l'explosion dévastatrice du hangar 221.

Un tel événement tout à fait déclenchable par un désordre électrique majeur issu d'un faisceau, pouvait par simple projection mécanique de nitrate fondu très chaud toucher le hangar 221 voisin et engendrer, à partir de l'impact et de la source de chaleur, une explosion du tas d'ammonitrate.

La seconde hypothèse, qui pourrait se cumuler à la première, repose sur un document dissimulé dans le dossier judiciaire depuis les premiers jours. En effet, un plan du réseau d'eau brute de la SAUR, gestionnaire des réseaux d'eau d'AZF, montre parfaitement la présence d'une petite conduite d'eau de 4 cm de diamètre sous le hangar 221.

Cette conduite rectiligne longe à quelques mètres le mur de séparation avec le secteur 222. Elle est souterraine et était prévue pour l'alimentation en eau d'un futur poste incendie. Mais jusqu'à aujourd'hui, cette conduite était vide.

La photographie aérienne prise 1h30 après l'explosion d'AZF par le pilote de l'hélicoptère d'EDF-RTE montre une trace brunâtre à travers la partie sud-ouest du cratère et au-delà, vers le bâtiment voisin RCU localisé au nord-ouest du hangar 221.

Cette trace étrange, rapidement invisible sur d'autres photographies aériennes prises les jours suivants, et carrément remplacée, exactement dans le même axe, par un chemin d'approche des engins de déblaiement, serait bien la trace de l'impact d'un faisceau électromagnétique horizontal légèrement descendant. Un contact de ce faisceau avec la conduite d'eau souterraine serait peut-être bien le vrai catalyseur de cette explosion.

Quelques secondes d'impact prolongé avec ce conducteur longiligne seraient idéales pour générer une induction électromagnétique énorme, capable d'être le principal responsable de l'explosion d'AZF. Un effet de chaleur intense susceptible d'être communiqué aisément et rapidement par la dalle de béton armé sous le tas d'ammonitrate pourrait apporter les mêmes effets qu'un incendie, incendie qui est très souvent la cause accidentelle des explosions de stocks d'ammonitrate.

Le manque évident de volonté des experts judiciaires d'explorer la piste de cette conduite souterraine était plus que suspect et confirme encore une fois la volonté de ne rien chercher en dehors de la piste chimique initiatrice chère aux experts.

Ce scénario a le mérite, surtout, de tenir compte de l'existence de l'apport dirigé d'énergie intense. C'est justement le rôle de ce genre d'essais de tir électromagnétique : transférer l'énergie électrique à distance sur plusieurs kilomètres.

Nos recherches ont permis par la suite d'aller beaucoup plus loin dans le détail et dans les circonstances civiles et militaires qui ont permis de telles expériences proches d'un site industriel.

La présence d'un éclair rectiligne, également dans le secteur de la centrale hydraulique face à l'hôtel de région, m'a permis de comprendre que le grand « V » lumineux de l'îlot aux lapins correspondait en fait au départ de deux faisceaux électromagnétiques qui allaient, après une trajectoire légèrement courbée, dans l'atmosphère pour redescendre ensuite vers un récepteur.

Au nord, le récepteur serait localisé à moins de 5 km du poste EDF-RTE du Château, face à l'hôtel de région ; au sud, il se trouvait à 15 km à Vernet sur la zone des anciens émetteurs radio de Saint-Lys.

Cette zone fut bizarrement le siège de perturbations électromagnétiques, également une vingtaine de secondes après l'explosion du hangar, et d'un incident électrique EDF-RTE sur le poste radio Vernet, quelques dixièmes de seconde après le séisme. Ce poste pourtant éloigné du secteur d'AZF a enregistré le deuxième incident électrique après celui de l'incinérateur de la SETMI, 2,5 km à l'ouest d'AZF, qui a eu lieu juste avant le séisme.

Toutes ces informations ont donné lieu à de nombreuses découvertes qui ont permis de constituer un puzzle de plus en plus rempli et de plus en plus précis.

Souvent, le plus difficile était de retrouver les pièces de ce puzzle. Mais une fois trouvées, ces pièces trouvaient assez facilement leur place.

Dessin d'un témoin, fait à main.

Deux faisceaux en forme d'un grand « V » montant vers le ciel.

- Toulouse AZF & La révolution française lumière - Page 140

De très nombreux témoignages, comme celui d'un arc bleu ciel luminescent et persistant aperçu en plein jour au-dessus du pont d'Empalot par des automobilistes vers 19h00 le 20 septembre 2001, trouvent leur explication dans des préparatifs correspondant à l'axe en « U » renversé des faisceaux électromagnétiques intenses, perçus comme des éclairs d'orage rectiligne à 10h18'00.

Une autre pièce clé fut trouvée plusieurs mois après l'élaboration de ce scénario : le satellite.

Une recherche poussée a permis de retrouver la trajectoire coïncidente d'un satellite civil dans la période de 10h05 à 10h20.

Ce satellite lancé en février 2001 est spécialisé dans la mesure de l'ozone et des autres gaz de l'atmosphère.

Grâce à l'emploi satellitaire des toutes nouvelles fréquences de micro-ondes au-delà de 100 GHz, ce satellite conçu entre autre par un des organismes de recherche toulousain, le CESR (Centre d'Études Supérieures de la Renaissance), est donc passé par là à l'heure de l'explosion et était capable de mesurer justement tous les gaz que le site d'AZF était susceptible de générer (O_3, NO_2, NH_3 etc...)

Depuis cette trouvaille majeure, des murs de silence et de mensonges commencent à se lézarder...

Des gens commencent à parler, à prendre en considération cette hypothèse électromagnétique.

Tchernobyl avait mis moins de 5 jours à avouer son origine, AZF, ce sera peut-être moins de 50 ans. On ne sait jamais, dans une démocratie comme celle des pays de la CEE, la vérité, étonnamment assortie d'aucun secret-défense depuis le début, arrivera peut-être à parvenir à tout le monde.

Fin du témoignage de Monsieur Pierre Grésillaud.

L'étonnant résumé de Monsieur Pierre Grésillaud que j'ai repris, est curieux et trop technique à la fois, pour faire comprendre facilement les diverses explosions à Toulouse et l'importance des documents sismiques militaires manquants.

J'ai vécu quelque chose d'incroyable avec Pierre qui est arrivé un jour chez moi à Paris sans m'avertir, complètement terrorisé, m'expliquant que quelqu'un voulait le tuer parce qu'il était allé trop loin dans ses investigations. Je n'étais pas étonné, vu que nous vivons dans le pays des droits de l'Homme qui a oublié ses bases et qui donne ainsi la place à quelques idiots de scientifiques pour créer la pluie et le beau temps et capitaliser la Nature.

Voilà le pays miroir de l'humanité, ce qu'il représente par manque de contre-pouvoirs. C'est l'égoïsme général qui effondre ce pays, certains observent ainsi les moutons passer : « béée, béée, béée ».

Ce sont des politiques, des Présidents de cour d'appel, des chefs d'entreprises vendeurs d'armes. Ils détiennent la presse et fabriquent les jougs. Ce qu'ils ne savent pas, c'est qu'ils mèneront eux-mêmes le pays à la catastrophe par leurs irresponsabilités. Personne ne pourra m'accuser d'avoir hissé mon intelligence naturelle pour enquêter et tout dévoiler sur AZF, me permettant d'être un homme libre, intouchable, un *« défenseur de l'humanité »*, et de percer des tuyaux comme le témoigne Pierre Grésillaud !

Pourtant, je ne suis pas du genre à aimer les folies non mesurées. J'ai de la chance de ne pas m'être encore fait « *zombiifier* », en tout cas pour l'instant.

Monsieur Pierre Grésillaud indique que la cause principale de l'explosion du nitrate d'ammonium rigide est souvent un incendie. Or le nitrate rigide entreposé dans le hangar 221 d'AZF a explosé instantanément, sans incendie, suite à l'arrivé d'une chaleur intense. La première hypothèse exposée par Monsieur Pierre Grésillaud est l'hypothèse de Monsieur Bernard Rolet, et la deuxième hypothèse est celle liée à un faisceau électromagnétique touchant une conduite d'eau proche du hangar 221.

Chez moi, en 2006, Monsieur Grésillaud n'avait pas mis en évidence le gaz amplificateur de chaleur observé tôt le matin sur la zone de l'explosion. Parce qu'en 2006, lorsque nous avons étudié cette photo aérienne, il était uniquement focalisé sur la recherche d'effets précurseurs électriques et électromagnétiques. J'ai convaincu Monsieur Bernard Rolet en lui expliquant que le gaz observé est le détonateur principal, qui a fait exploser le stock d'AZF. Je lui ai en effet expliqué que cette tour dite de 'prilling' a explosé quelques millièmes de seconde avant celle du hangar 221 d'AZF.

Monsieur Bernard Rolet m'a expliqué son point de vue quant aux possibilités réelles que j'avais apportées, après avoir découpé les témoignages du dossier que j'ai partagé avec Monsieur Pierre Grésillaud. Il m'a dit : « Puisque tout ce que vous avez indiqué s'avère correct, on continue nos recherches en prenant en compte votre idée ».

Il a discuté avec l'un de ses amis pour nous aider. Il s'agit de Monsieur Georges André Guiochon, un professeur universitaire de chimie renommé dans le monde, lui-même consultant de l'enquête Internet d'AZF. Il s'intéresse aux témoignages qui parlent de ce gaz, des odeurs d'urines ou fortes odeurs d'ammoniac.

Très intéressant ! Il met en évidence dans son rapport que les hydrazines ont la même odeur que celle de l'ammoniac.

Ceci me fait penser que des gaz hypertoniques ont été volontairement relâchés dans l'atmosphère par la SNPE, fabricante d'hydrazines, tout au long de la nuit, et très tôt au matin du 21 septembre 2001 afin d'éviter tout risque d'explosion dans cette usine de l'État, au cours des tests micro-ondes de haute technologie dans cette zone, autre que l'explosion initiatrice, prévue. Tests pour lesquels la SNPE et la préfecture de Toulouse étaient avertis.

L'hydrazine est également utilisée comme carburant pour les moteurs de fusées, donc très explosive.

Bien se souvenir que : divers témoins ont apporté leur concours, indiquant que tôt au matin, un nuage couvrait une zone autour du pôle chimique, ce nuage atteignait plusieurs milliers de mètres carrés. Correspond au lâché de gaz hypertoniques par la SNPE.

J'ai eu l'honneur de discuter avec ce professeur avec qui nous avons échangé nos informations. Monsieur Georges

André Guiochon, dans son rapport final, n'a pas hésité à informer que la première explosion nucléaire cachée en Corée du Nord a généré un séisme de magnitude de 3,4 sur l'échelle de Richter. Exactement comme pour Toulouse.

Il n'a jamais exclu mon idée de l'utilisation d'une bombe atomique ce jour d'essais militaires secrets à Toulouse, en bonne partie grâce aux notes de Monsieur Bernard Rolet, informé par moi-même. Nous avons perdu l'enquêteur qui a foudroyé les thèses officielles apportées par les experts nommés par la justice. « Aujourd'hui, Il est décédé cet Héros inconnu ».

Je n'ai eu aucune difficulté pour comprendre que ce jour du 21 septembre 2001, ayant en main une copie des instructions de service de la SNPE, serait le jour idéal pour le déroulement d'une activité secrète proche du pôle chimique. J'imagine que ceux qui l'ont sabotée non plus.

Très peu de maintenances sont prévues à l'usine SNPE au cours du mois de septembre pour les périodes de 1997, 1999 et 2001.

En réalité, pendant cette période, cette usine ne fonctionnait pratiquement pas. D'ailleurs, à la veille des diverses explosions à Toulouse, une réunion comptant le personnel, ses divers directeurs et chefs de production eut lieu. Il était convenu pour le lendemain que l'usine serait pratiquement en arrêt. Ainsi, le personnel était invité à rester chez eux et la surveillance des ateliers de courte durée avait été déclenchée.

Si j'informai Monsieur Pierre Grésillaud qu'un satellite ce jour du 21 septembre 2001, était pointé sur Toulouse, c'est que j'avais déjà connaissance de ce que s'est produit à Toulouse. J'avais bien compris que la justice se faisait tromper, le dossier judiciaire aposté sur ma personne avait été organisé pour que je sois condamné, puis neutralisé.

Aujourd'hui, l'Homme, avec son idée de tenter de tout capitaliser et de se permettre de faire n'importe quoi au nom de la justice, des codes mondiaux et des idées imbéciles collégiennes de formatage, se donne le pouvoir de croire en sa toute puissance. Je pourrais écrire un livre à ce sujet mais je préfère juste partager ces quelques mots, *« Il - l'Homme - oublie qu'il est un être humain qui fait partie intégrante de la Nature »*. Sa principale mission est d'être à Son service.

Libérons chacune de nos idées pour enfin ouvrir le dialogue : n'ayons pas peur de casser les murs de nos « prisons mentales » !

Les hommes politiques du monde entier devront ainsi écouter les peuples pour ne pas donner suite aux multiples folies qu'ils se permettent d'accorder et nous infliger. L'ère de la vraie Démocratie verrait ainsi le jour !

Triste regard de celui qui baisse la tête s'imaginant que le monde actuel est comme il est et accepte sa fin dans un « *aveuglisme* » et un non-activisme.

Pour illustrer mon propos, voici un texte extrait du « Discours de la servitude volontaire » écrit en 1576 par Étienne de La Boétie, on ne peut plus contemporain :

« Il est incroyable de voir comme le peuple, dès qu'il est assujetti, tombe soudain dans un si profond oubli de sa liberté qu'il lui est impossible de se réveiller pour la reconquérir : il sert si bien, et si volontiers, qu'on dirait à le voir qu'il n'a pas seulement perdu sa liberté mais *gagné* sa servitude... ».

Je me suis défendu pratiquement tout seul des divers pièges d'un petit groupe de serviteurs proches de Messieurs Jacques Chirac et Nicolas Sarkozy, en prenant des mesures importantes pour me protéger et protéger ceux que j'aime, sans les informer de cette lourde situation. Un premier groupe avait tenté de m'effacer pour éviter que la vérité sur AZF ne soit divulguée, tout comme la réalité sur l'utilisation d'une bombe atomique interdite par la communauté internationale.

Si j'ai survécu, c'est aussi pour dire à tous : vous pouvez reprendre votre pouvoir de citoyen en faisant valoir vos droits dans un but communautaire, tout en exigeant que la justice fonctionne indépendamment du pouvoir étatique.

Les bonnes âmes sont plus nombreuses, seul un regard général qui n'a rien d'utopique, peut faire avancer notre civilisation. N'oublions pas que la vie de l'Homme du futur dépend de nous. Écrivons les principes fondamentaux pour une ère nouvelle : une ère technologique, d'électricité, d'ondes et de micro-ondes, sans guerre climatique.

Faisons respecter les principes fondamentaux à la virgule près. Exigeons des responsables politiques, de respecter la vie afin de créer des lois pour lesquelles la machine remplace l'Homme, non seulement au travail, mais aussi dans ses cotisations fiscales liées à son rendement pour payer un salaire suffisant à chaque être remplacé. Arrêtons par exemple d'envoyer des satellites pendant quelques années. Il ne servira en effet à rien d'aller voir les confins de l'Univers tout en détruisant la Terre et ses habitants. Ce rêve de voir plus loin ne durera pas longtemps. Il faut la contribution de tous. Chaque être humain adulte et chaque nation.

- Toulouse AZF & La révolution française lumière - Page 149

Quand j'observe des « malades » totalement perchés, expliquer des projets comme Teramobile pour la France, je me dis qu'ils n'ont rien compris et qu'ils n'ont pas d'âme humaine. D'ailleurs, ils sont déjà allés trop loin, nous sommes au bout : le continent américain se prépare à la guerre contre les Russes, après avoir fait exploser Toulouse en 2001. Grâce à ce mensonge, les Européens sont en train de les suivre, poussés au désordre général.

Or, nous pouvons apporter la paix grâce à la vérité sur AZF si nous nous unissons à temps, pour demander une intervention solennelle du président de la République afin qu'il ajoute le document sismique militaire manquant au dossier judiciaire de l'affaire AZF.

Le pire, c'est que les hommes d'État et ceux des gouvernements, des administrations et des tribunaux, forceront l'homme qui pratique le travail manuel ''valorisateur'' de paix à « *payer et payer encore* ». Pour faire croire qu'ils nous protègent alors qu'ils tentent de nous détruire, consciemment et/ou inconsciemment.

Juste de la capitalisation, et encore de la capitalisation, au point de capitaliser même les éclairs naturels ! Les nuages fortement chargés en électricité, s'ils se déchargent sous forme d'éclairs dans le sol, c'est qu'il y a une raison ; cette raison n'est autre que naturellement importante pour le fonctionnement de la Terre. Autrement, ils n'existeraient point.

Si la Terre a enfermé de tels éléments tout au long de ses milliards d'années de vie, cela n'est pas pour rien, la Vie est la conséquence même d'une évolution de la Nature de notre Terre. Les micro-ondes sont l'origine principale du changement climatique terrestre, des perturbations électromagnétiques spatiales, entraînant la fonte des glaciers. Les répercussions sont géantes, diverses espèces disparaissent chaque jour de notre planète. Ce n'est pas ce mensonge sur AZF qui nous empêchera de connaître le changement pour avancer dans le bon sens.

J'ai écrit cet ouvrage pour mettre en évidence ce qui s'est réellement passé en date du 21 septembre 2001, au matin, jour de l'explosion du tas de nitrate d'ammonium entreposé dans le dépôt 221 de l'usine AZF à Toulouse.

Il y a eu à cause de ce conte catastrophique des victimes importantes. Ensuite, ce dossier est devenu l'un des plus grands mensonges de notre époque, les tribunaux français depuis plusieurs années n'arrêtent pas de se renvoyer ce délicat dossier, de tribunal en tribunal.

Mais quel jugement sera le bon ?

CARLOS XERFAN

J'ai attiré l'attention de la communauté internationale par le biais d'une lettre adressée aux Nations unies. J'y expliquais mon point de vue quant à la croissance de la violence en France et les répercussions que cela peut occasionner dans le monde.

J'y parlais aussi de l'affaire AZF de Toulouse. Je mets en évidence non seulement des activités de haute technologie secrètes, franco-allemano-suisses mais également l'occurrence de l'explosion d'une mini bombe atomique mesurée dans le but de générer, à partir de son inertie, de l'énergie électrique. Cette énergie est ensuite transformée en plasmas exceptionnels, c'est-à-dire en blocs micro-ondes d'environ 40 cm de diamètre.

Made in France !

Grâce au film amateur dont je vous ai parlé, ces blocs ont été observés traversant l'incendie d'AZF (revoir images p.34 et 35). En fait, ces blocs de plasmas sont téléguidés grâce à des faisceaux lumineux et donc projetés sur des cibles précises. Ces nouvelles armes présentent plusieurs intérêts comme par exemple d'être inaudibles selon sa puissance, invisibles et très difficilement repérables, sans avoir à se déplacer. Cela en fait des armes puissantes car hyper discrètes.

J'expliquais aussi dans la lettre adressée aux Nations unies, le sabotage des essais militaires secrets à Toulouse par les Américains, les retombées économiques et sociales en France.

De plus, je me suis permis d'expliquer l'irresponsabilité de certains hommes et femmes politiques importants, français et européens. Puis j'ai expliqué l'état actuel général de la France et de l'Europe en crise.

Il n'est un secret pour personne auprès des Nations unies que ce que je divulgue depuis plusieurs années déjà, se réalise dans une logique cohérente. En rappelant les règles mondiales résolutives : l'utilisation d'une bombe atomique auprès d'une population est considérée un crime contre l'humanité.

En réalité, depuis les années 1960, dans le cadre de la force de dissuasion nucléaire, la France a commencé à faire exploser des bombes atomiques dans le désert algérien pour continuer en Polynésie française : 210 bombes en tout ! Mettant le monde en danger et menant la politique de l'autruche, sourd aux appels du monde entier d'arrêter. Tout cela, jusqu'en 1996, date officielle de l'arrêt de ces essais nucléaires grâce à la pression internationale et le ras-le-bol des Français.

On est en droit de se demander si cela est réellement vrai : la France a-t-elle bel et bien arrêté ses essais nucléaires en 1996 ?

Selon moi, la réponse est non ! Pour preuve, AZF, en 2001, avec l'explosion d'une bombe nucléaire mesurée, au milieu de la population, créant les désastres économiques, écologiques et humains évoqués dans ce livre.

Socialement, cette politique de dissimulation de la réalité aboutira au renversement politique français, mettant en cause l'autoritarisme et le contrôle des institutions, comme l'Éducation, la Justice et la Médecine, sans oublier l'agriculture et le contrôle de l'information. Si cela n'amène pas à la guerre…

La France est en rappel fréquent quant aux désordres populaires par les Nations unies, créés par la force de petits groupes de politiques, non élus et proches de la Présidence. Ce malaise est important. Il semble que ces groupes ne recherchent rien d'autre que créer un désordre national, votant des lois qui perturbent toute promotion des droits de l'Homme et les principes les plus fondamentaux reconnus.

Je présente un extrait de la résolution signée par les pays membres des Nations unies qui est important à rappeler.

NATIONS UNIES.

RÉSOLUTION ADOPTÉE PAR L'ASSEMBLÉE GÉNÉRALE

Sur le rapport de la Troisième Commission (A/53/625/Ad.2) 53/144.

Déclaration sur le droit et la responsabilité des individus, groupes et organes de la société de promouvoir et protéger les droits de l'homme et les libertés fondamentales universellement reconnus.

En rappel : Article 12

1. Chacun a le droit, individuellement ou en association avec d'autres, de participer à des activités pacifiques pour lutter contre les violations des droits de l'homme et des libertés fondamentales.

2. L'État prend toutes les mesures nécessaires pour assurer que les autorités compétentes protègent toute personne, individuellement ou en association avec d'autres, de toute violence, menace, représailles, discrimination de facto ou de jure, pression ou autre action arbitraire dans le cadre de l'exercice légitime des droits visés dans la présente Déclaration.

- Toulouse AZF & La révolution française lumière - Page 155

3. À cet égard, chacun a le droit, individuellement ou en association avec d'autres, d'être efficacement protégé par la législation nationale quand il réagit par des moyens pacifiques contre des activités et actes, y compris ceux résultant d'omissions, imputables à l'État et ayant entraîné des violations des droits de l'homme et des libertés fondamentales, ainsi que contre des actes de violence perpétrés par des groupes ou individus qui entravent l'exercice des droits de l'homme et des libertés fondamentales.

Fin de l'extrait de la résolution, signée le 8 mars 1999.

EN FAIT, SI ON OBSERVE BIEN, CHACUN D'ENTRE NOUS EST UN ÉTAT À LUI TOUT SEUL, ET LA PROMOTION DES PRINCIPES FONDAMENTAUX EN EST UNE PREUVE CONCRÈTE.

La France est considérée comme étant le miroir de l'humanité, et le peuple est admiré dans le monde entier, pour et par sa culture, sa gastronomie, la tranquillité de vie qu'elle offre, son organisation, sa motivation... Cependant, sa population s'appauvrit et elle perd de sa renommée au niveau mondial.

- Toulouse AZF & La révolution française lumière - Page 156

Je pense qu'elle doit faire honneur à tous les pays qui l'ont copiée, en observant les améliorations apportées. Et ces améliorations existent, comme par exemples plus de transparence politique, la votation des préfets de région par le peuple, l'augmentation de l'implication des citoyens et de leur rôle dans les prises de décisions allant dans l'idée d'une démocratie participative...

Si les principes fondamentaux étaient respectés, ils seraient déjà adaptés à notre civilisation actuelle, et beaucoup de lois qui mettent en cause la protection de la vie de tous les êtres et de la Nature n'existeraient pas. Les ondes téléphoniques par exemple, ne seraient pas acceptées, surtout celles dépassant 2GHz, mortelles à l'homme.

En effet, l'Homme est un conducteur qui capte l'énergie spatiale universelle, transférant cette même énergie vers la Terre, et vice-versa. Dit autrement, l'Homme est un trait d'union entre le Ciel et la Terre, phrase qui nous vient des textes chinois datant de plus de 3000 ans avant Jésus-Christ.

À cause des matières lourdes conductrices de micro-ondes projetées sur les nuages dans le cadre du bouclier anti-missile européen, la fréquence naturelle de l'être humain est modifiée, ce qui le fatigue plus vite et amplifie le processus de déconnection de sa nature profonde. Il en perd ses pouvoirs naturels, devenant ainsi un véritable zombie. Pouvoirs normalement protégés par les principes fondamentaux.

Il a fallu qu'un brésilien mi-indigène découvre l'occurrence de l'explosion d'une mini bombe atomique à Toulouse pour ouvrir les yeux de la population. Que cet évènement, aussi désastreux soit-il, doit devenir un canal de dialogue, pour enfin parler de ce bouclier antimissile, de ces nuages infectés que tout le monde observe. Ces derniers deviennent des intercepteurs de l'énergie libre spatiale qui altère donc celle captée par l'être humain.

Dommage que les Français n'ont pas été appelés à se prononcer sur les essais atomiques imposés par le général de Gaulle ! Il en est de même pour le développement du « tout nucléaire » en France, que tous les présidents qui ont suivi jusqu'à aujourd'hui, ne remettent jamais en question.

Dommage aussi que l'Union européenne ait été imposée à la France par son président Monsieur Jacques Chirac. Pour une fois que le peuple a été impliqué dans cette prise de décision par référendum, leur « NON » n'a même pas été retenu ! Menotté par son silence à propos d'AZF, Monsieur Jacques Chirac n'avait pas le choix : il a été obligé de faire rentrer la France dans l'Union européenne.

CARLOS XERFAN

Il y a déjà longtemps que les Français vivent une situation d'aveuglement et de laisser-aller. Ils ne savent pas comment se faire entendre pour faire valoir leurs droits et changer cette situation d'injustice.

Dites non aux divers boucliers antimissiles, non aux dirigeants autoritaristes et aux présidents de la République qui ne tiennent pas leurs engagements. Exigez le bon fonctionnement de la justice, et votez.

L'affaire en justice.

J'explique depuis près de 10 ans à la cour d'appel de Paris, cette omerta à propos d'AZF, expliquant que mon affaire n'était qu'un moyen de m'immobiliser. Le juge Roger Le Loire, qui se dit antiterroriste, n'a fait autre chose qu'appliquer d'énormes fautes criminelles, une grave erreur pour laquelle je demande réparation. Mais avant tout, je demande qu'une enquête administrative soit ouverte pour confirmer ou infirmer, si j'étais entendu aux dates indiquées dans le dossier, surtout pour le 22 janvier 2002, jour où j'étais sensé être entendu et que je conteste. Le plus grave, c'est qu'un rapport de la gendarmerie indique qu'ils se sont déplacés pour m'emmener au TGI (Tribunal de grande instance) de Bobigny pour audience : cela est criminel et dangereux.

Je n'ai pas bougé de cette maudite maison d'arrêt.

De nombreuses failles du bon fonctionnement de la justice en France sont visibles dans le dossier pour lequel j'ai été accusé.

Abusé par la justice, par mes avocats dont Madame Nathalie Faussat et Monsieur Pierre Olivier Sur, actuel bâtonnier de Paris. Ils se sont permis de négocier pour que je reste en prison encore plus longtemps sans qu'aucune démarche n'ait été faite dans mon dossier. De plus, les preuves ont été négligées dans ce dossier, même la greffière Madame Christelle Pichon s'est permise de faire des fausses signatures sous l'ordre du juge Roger Le Loire.

La juge des armées, Madame Nathalie Turquey, initialement responsable du dossier, elle aussi a fait n'importe quoi, comme par exemple, me faire déplacer pour audience et annuler une fois présent au tribunal. Elle a finalement été remplacée suite à mes réclamations écrites envoyées à la cour d'appel de Paris. Les experts judiciaires eux aussi ont été ramenés à la raison lors de mon jugement aux assises, qui fut organisé à ma demande. J'y ai fait participer en tant que témoin, le mari de ma maman, directeur de production de la SNPE, ingénieur chimiste. C'est lui qui m'a fait créer un outil informatique pour la maintenance de l'usine en faisant croire à sa société qu'il en était le concepteur.

Monsieur Philippe Goyat, mon beau-père, n'est qu'un profiteur qui a tenté en plus de faire croire à l'ensemble de la cour, que j'étais un mythomane. À savoir qu'il a été rapidement remis à l'ordre par le président de la Cour d'assises, lui indiquant que c'était lui-même qui m'avait mis dans cette situation. C'en est arrivé au point où il a réussi à faire lever de son siège le Président de la Cour d'assises, énervé. Malgré tout, je ne suis pas vraiment en colère, juste triste de voir autant d'ignorance humaine, comme d'observer que les Français ne se rendent pas compte qu'ils deviennent complices de toutes les bavures des droits civiques et de protection humaine, ayant accepté les mensonges comme celui d'AZF et l'omerta au sujet de l'utilisation d'une bombe atomique. Ce n'est pas la peur qui les endort, ce sont les désarrois. J'ai souvent envie de crier fort : « *Zombies ! Réveillez-vous !* »

Les journalistes qui eux aussi, pour la plupart, ont couvert l'affaire AZF, se sont retrouvés mal en point et pour certains, sans travail. Le plus silencieux dans cette affaire fut Monsieur Lionel Jospin, Premier ministre au moment de l'explosion à Toulouse.

J'ai réalisé depuis déjà plusieurs années que rien ne se fera dans le mensonge. Je fais appel à tous, Toulousains, Français, Européens, le monde entier, pour demander à Monsieur François Hollande de s'exprimer quant à la vérité des tests secrets du 21 septembre 2001 à Toulouse.

Ce projet de haute technologie franco-allemand signé à Toulouse en 1999 par le président Monsieur Jacques Chirac et le Chancelier Monsieur Gerhard Schröder, est le même qui fera s'effondrer l'Union européenne, d'après moi.

Je fais confiance aux Toulousains et également aux Français qui finiront par comprendre qu'ils doivent, comme moi, conforter la vérité d'AZF. Ils ont, ils le savent, une âme joyeuse, d'union, de dialogue, de partage, ce qui me motive, pour empêcher que ce pays s'effondre.

S'ils admettent devenir complices par le silence sans exiger au corps politique français de parler d'une seule voix, ils seront sans aucun doute face à une guerre civile inutile. Il faudra ensuite tout reconstruire alors qu'il y a déjà beaucoup à construire…

La création de commissions populaires est une idée assez moderne et implicative. La république est une utopie qui n'a pas fini de se réaliser. Nuit Debout peut devenir avec intelligence l'appareil constructif calibreur de l'organisation des peuples ; le rassemblement est public, populaire, familial. Cela plaît et contamine toute la planète par la paix.

L'imaginaire évolutif pour une réalisation générale fait appel aux dialogues. Simplement de la joie de vivre qui fait appel à la citoyenneté. Pour une réflexion, passant par les rencontres, les réunions publiques, qui laisse place à la fête.

On peut réussir à partager cette joie dans le dialogue et dans la compréhension des problèmes en faveur d'une évolution pacifique pour une société mondiale plus juste. Pour lutter contre les systèmes qui excluent, de plus en plus.

La démocratie en France se répercute dans le monde.

Nuit Debout est la preuve que le monde nous regarde. Le rêve généralisé. En quelques jours seulement, le monde réalise que la rencontre publique ouverte pour tous peut arrêter toute forme d'injustice qui va au-delà du seuil supportable naturel. Les questions de politique ne sont pas exclues. La réalisation sera instructive à chaque période de la rentrée des classes.

Selon moi, Nuit Debout en France doit se politiser pour devenir le plus grand des partis mondiaux unis, pour donner suite à une mondialisation cohérente entre les peuples. Sans oublier les erreurs des autres politiques, comme s'acquitter des dettes publiques au fur et à mesure, et réfléchir pour ne pas faire comme ceux qui sont au pouvoir, qui préfèrent voir une population déchirée.

Pour moi, ce déchirement est juste une logique de dégagement de responsabilités des politiciens. Et dans le futur, il serait bien que ce système d'emprunt public, soit arrêté.

Il serait bien aussi que les politiciens arrêtent de toucher des cumuls de salaires comme cela se passe dans le monde aujourd'hui. Après toutes les bavures et mensonges pour ne parler que de ça, ils doivent accepter de lâcher leurs acquis.

À la suite de cela, dans une grande réflexion majoritaire, la roue écrasante créée par les hommes politiques s'arrêtera non seulement en France, mais dans le monde entier.

J'insiste pour dire que si j'ai été capable de réussir à ce que l'affaire AZF ne tombe pas dans les oubliettes, et si j'ai vécu toutes les indifférences du système depuis que j'ai été mouillé dans l'affaire AZF, tout le monde peut le faire, et ce, uniquement par l'action.

Ceux qui ont participé au sabotage des tests secrets à Toulouse n'ont pas commis de crime, ils ont certainement fait la promotion de la protection des civils sauf que l'accident involontaire produit par les fuites du réseau d'eau non répertorié, a transformé une grande partie de la ville en cendres.

Je pense comme beaucoup de gens, que les Toulousains ont bénéficié du hasard ce jour-là. Mais vu que de tels essais secrets ont été prévus pour durer au moins 30 minutes, ils ont eu beaucoup de chance que la Société nationale des poudres et explosifs, fabricant des combustibles pour les fusées Ariane, n'ait pas explosé. Sinon, les gentils et braves gens auraient compté seulement les survivants. Ça aurait bien été la vraie catastrophe !

J'ai toujours expliqué au groupe de courageux et vertueux amis enquêteurs que le fait que la France était en retard au niveau de la technologie micro-onde militaire a forcé le chef de l'Etat et de l'armée de l'époque à accorder l'exécution des tests militaires secrets dans la ville de Toulouse. Cette décision a été prise 10 jours après la chute des tours jumelles aux États-Unis, délai non suffisant pour mener cette opération en toute sécurité, surtout proche d'une population.

Le corps politique français

Depuis 2002, j'ai partagé avec quelques personnalités mes doutes ainsi que mes affirmations concernant d'éventuelles manœuvres militaires secrètes.

Ma conclusion est sans appel : tous, strictement tous, ont été informés de mes trouvailles. Au niveau de Toulouse, j'ai informé l'ancien maire Monsieur Philippe Douste-Blazy qui n'a même pas eu la décence de me répondre. J'ai réussi à discuter avec Monsieur Pierre Izard qui était le président du Conseil général, lui-même m'a fait de supers promesses et m'a motivé à continuer mon travail d'investigation. Ses promesses sont juste sorties de sa bouche vu qu'il n'a pas voulu me recevoir par la suite.

Le 8 mars 2006, suite à une réunion au Ministère de la justice à Paris, place Vendôme, j'ai informé directement Messieurs les députés de Haute-Garonne, Gérard Bapt et Pierre Cohen, devenu par la suite maire de Toulouse, et Jean Diébold, aujourd'hui décédé.

Depuis la catastrophe d'AZF jusqu'à aujourd'hui, tous les maires de Toulouse sont mouillés jusqu'au cou dans les cachotteries de la mairie, incluant tous les lieux de la ville dont je parle dans ce livre, recensés grâce aux investigations du groupe d'enquêteurs privés auquel j'ai participé. En particulier, ils ont tous été informés qu'une bombe atomique mesurée aurait été utilisée pour des tests secrets de haute technologie à Toulouse. L'actuel maire de la ville, Monsieur Jean-Luc Moudenc, comme ses prédécesseurs d'ailleurs, refuse de me recevoir à ce sujet.

L'ensemble du corps politique toulousain, y compris les préfets nommés par les différents présidents de la République, les conseillers municipaux et régionaux, les présidents de Région et des Conseils généraux de Toulouse, ont tous été informés. De même que des milliers de personnalités comme François Bayrou, Ségolène Royal, Nicolas Dupont-Aignan, Marine Le Pen, Gilbert Collard, François Asselineau, Nicolas Sarkozy, François Hollande, Nicolas Hulot, Olivier Besancenot, Jean-Luc Mélenchon, Arnaud Montebourg, Christiane Taubira, Rachida Dati, Yves Cochet, les différents présidents de l'Assemblée Nationale et de nombreux ministres...

Triste conclusion ! Ils ont tous eu l'information qu'une bombe atomique a explosé proche d'une population civile, sans réaction aucune. C'est justement là que la puissance de la France apparaît, la puissance de l'omerta générale. Le corps politique français accepte cet état de fait, sous le couvert du silence du président de la République, devenant ainsi complice malgré lui. Le seul qui a tenté de faire quelque chose fut José Bové, un altermondialiste devenu député européen. Je l'en remercie. Malheureusement, il paraît évident que seul, José Bové n'avait aucune chance de réussir.

Ne soyons pas étonnés que la politique en France est une politique de sourds ! Situation voulue par toutes les élites politiques, afin que la population se révolte à la recherche de liberté et de droits.

Il est évident que le monde appuiera toute révolution intelligente française ; voire plus, elle est attendue. Il aurait fallu dire la vérité il y a 15 ans, ce que j'ai toujours conseillé.

Cette tâche revient aujourd'hui au président en poste, Monsieur François Hollande qui, d'après moi, doit donc fournir au grand public les preuves écrites à propos des tests secrets qui ont eu lieu à Toulouse, dont les documents sismiques militaires.

Je suis certain que ces révélations amèneront la confiance mondiale tant attendue, et instaureront ainsi l'apaisement général. Autrement la France s'effondrera seule, vendue, bradée, au prix d'un secret. Ce qui me fait penser à ça, ce sont les diverses explosions à Toulouse en date du 21 septembre 2001, qu'AZF a explosé attirant l'attention d'un grand nombre de pays amis de la France. Tous intéressés de savoir pourquoi un séisme de 3,4 sur l'échelle de Richter a été mesuré, valeur incompatible avec la puissance de l'explosion du stock de nitrate d'ammonium et du sol plutôt sédimentaire. Affaire que démontre la faiblesse de la justice, et la réelle séparation État/Justice.

Cette vérité repose juste en quelques feuilles !

La vérité, le courage pour la confiance.

Le seul antidote qui permettra à l'Union européenne de continuer à s'organiser est la vérité de l'affaire de Toulouse, pour lequel l'actuel président de la République devra annoncer les données sismiques militaires. Qu'il devra assumer toutes les conséquences jusqu'à la reprise d'une confiance générale mondiale, évitant ainsi que la justice française ne soit utilisée comme bouclier d'un dangereux mensonge, menant encore plus de désarroi au cas où cette affaire soit jugée pour condamner des innocents civils, boucs émissaires, innocents.

Ce n'est pas pour rien que ceux qui ont instauré l'idée des principes fondamentaux humains, base de beaucoup de républiques dans le monde, ont créé l'idée générale pour combattre l'ignorance humaine qu'amènent les guerres, les révoltes. Si de tels principes ont été accordés comme bases et surtout s'ils étaient respectés, le monde n'aurait pas connu deux grandes guerres, ni les grandes crises.

Les études de bombes atomique, d'hydrogène, électromagnétiques et autres armes existantes actuellement dans le monde seraient abandonnées, tout comme les technologies dangereuses, 'bafoueuses' de respect humain. L'économie mondiale ne serait autre qu'un partage de richesses parce que les grandes décisions ne reposeraient pas sur la main de seulement quelques hommes et femmes. Nous sommes plus nombreux à comprendre que nous devons protéger notre terre. Les forêts, les océans, l'air que nous respirons.

Le rêve serait généralisé. La paix.

En conséquence les lois, les réglementations, devraient toutes êtres accordées en observation du respect des principes de bases fondamentales humaines. Rôle auquel la France a oublié de promouvoir, principalement après que le monde entier une nouvelle fois, s'est organisé pour l'aider à sortir de son trous d'après guerre, montrant qu'elle n'a en tirée aucune leçon de son malheur vécue grâce à ses choix. L'Europe presque tout entière s'unis à nouveau dans un intérêt de guerre.

Ce n'est pas difficile de comprendre que nous devons régulariser tels principes à nouveau et adapter à notre civilisation qui grâce à l'électricité se modernise, oubliant davantage la protection commune.

Nous, nous déconnectant chaque jour de notre libre pensée, et la majorité des êtres observent ce changement. Sans règles mondiale d'ondes invisibles, nous, nous amèneront dans une nouvelle ignorance moderne.

Soit nous contrôlons les ondes qui nous perturbent, soit les ondes qui nous perturbent nous contrôleront. Nous tous ! La promotion des principes fondamentaux initiateurs de républiques sont les bases de cette régularisation. C'est une politique pour laquelle nous devons nous investir maintenant.

Aujourd'hui nous vivons dans un monde que l'être humain veut tout capitaliser au point de capitaliser même la pluie et le beau temps, créant des perturbations sur notre Terre, des perturbations invisibles mais réelles observées en changement climatique, climat dégradé en quelques années.

L'idée de capitaliser nos ressources naturelles comme les éclairs est absurde, hors notre terre s'est formée depuis des milliards d'années grâce à ce qu'elle produit de meilleur pour nous, emprisonnant dans une logique parfaite toutes énergies qui nous ont permis d'exister.

Les éclairs ont un rôle important pour le fonctionnement naturel terrestre, depuis sa formation. Nos micro-ondes la perturbent.

Teramobile est un projet qui bafoue le droit de la terre, qui se nourrit de ses éclairs naturellement. Les projets de fusion de particules ayant l'intention de créer un trou noir purement terrestre, nous mettent tous en danger d'existence si l'homme en décide de continuer dans de telles recherches coûteuses sans but vraiment précis commun, autre que de montrer sa puissance de domination de tout ce qui l'entoure.

Jusqu'au jour où il s'effacera accidentellement de la Terre.

Que cherchent les Européens, l'organisation ou la destruction ?

Que veut l'Homme exactement ?

Qu'apportons-nous comme jugement précieux pour notre humanité ?

Voudrions-nous que personne dans le futur ne raconte notre histoire ?

Est-ce que la France est toujours le miroir des droits de l'Homme et des respects fondamentaux humains accordés ?

Accordés par le roi serrurier et passionné en 1788. Victime de l'ignorance d'une époque dépourvue de confort, de modernisme, de technologies invisibles.

Nous seront les prochaines victimes de l'ignorance si nous accordons l'évolution sans règles de bases humaines nouvelles.

L'ignorance humaine qui nous coupe de ce que la terre nous apporte de mieux, notre énergie naturelle spéciale qui nous approche de la nature humaine, de notre libre et harmonieuse pensée.

Les hommes politiques français dans ce mensonge prouvant ainsi leur incapacité à lutter contre les grandes formes d'ignorance, ils paieront cher le prix de leur ignorance allant dans le sens de l'irresponsabilité. Idée pour laquelle je me suis battu pour survivre abandonnant parfois tout mes biens lorsque je me suis vu poursuivi par un petit groupe d'agents secrets français proche du président Monsieur Jacques Chirac, dû au faites que j'avais initié mes investigations mettant en évidence une bavure tout compte fait mal élaborée, même si initialement elle laissait penser, d'être de bonnes auspices et d'augures.

Je pense qu'il est inutile d'aller dans le sens de la violence et la désorganisation générale comme solution d'oubli des responsabilités que nous avons chacun, parce que tant que cette situation d'omerta continuera il sera difficile d'avancer dans la paix et la justice.

Nous pouvons tirer des bonnes résolutions de cette erreur dans la compréhension de l'ignorance de l'ensemble d'hommes et femmes qui se pament, imaginés d'être de bonnes figures.

La France donne le mauvais exemple montrant seulement sa force qui protège juste les décideurs hors les hommes sont égaux de principes de droits et de devoirs.

Les hommes politiques peuvent en demander à l'actuel homme fort d'État de délivrer la seule preuve qui démontre l'endroit exact de l'épicentre de l'explosion souterraine qui a provoqué une chaîne d'explosions à Toulouse en date du 21 septembre 2001. Ils ont un devoir de protection de toutes personnes qui ont mené des investigations sur cette affaire obscure, notamment les civils, les lanceurs d'alertes qui défendent l'idée de séparation de la justice et l'État.

CARLOS XERFAN

Sans oublier que chaque enquêteur doit se faire indemniser de chaque centime qu'ils ont dépensé en défense des intérêts de la justice. L'unique qu'apporte la paix.

Le corps judiciaire français

Jamais été dévoilé officiellement l'épicentre, ni la magnitude réel dans cette affaire d'AZF vu que les données sismiques civiles livrées par l'observatoire Midi-Pyrénées installé sur la colline de Pech David ont été maquillées et surtout incomplètes. Motif naturel de ma démarche auprès de notre actuel président de la République.

En réalité, beaucoup de personnes chargées et censées apporter leur concours d'experts se sont mouillés dans la dissimulation des tests secrets. Si on observe bien, il est évident, et sans appel que toute personne civile et militaire qui a travaillé à la dissimulation de cette affaire toulousaine, sera poursuivie par d'autres en justice si le Président en décide d'apporter son concours. Une situation d'échec & mat jamais observé dans l'histoire, pour laquelle je demande : La cohérence générale.

Qu'est ce qui importe autre que la vérité, et l'apaisement ?

C'est exceptionnel l'intrusion des tribunaux de Paris sur ce dossier. En attendant que cela ne se reproduise plus jamais.

Ce dossier a créé l'instabilité en boucle et il n'est pas productif.

Quoi qu'il se dise de cette histoire, la France est condamnée si ont observe le résultat de l'état actuel généré par ce mensonge. Le plus ballot est qu'elle était démasquée par un citoyen libre de sens, abusé par la justice elle-même.

Par la suite l'administration m'a détruit pour m'empêcher de parler me montrant ses faiblesses qui sont à la fois sa force, ainsi que ses incohérences. Alors que je protège chaque subordonnée, y compris les préfets, et les président de la République, ceci d'eux-mêmes.

J'ai fait moi-même ma demande d'indemnisation, vu que la loi me permet. Donc j'ai pris disposition pour demander 3 millions d'Euros d'indemnisation sachant que je ne serai pas indemnisé. Il n'est pas difficile de comprendre que jamais l'État français m'indemniserait. Cette indemnisation me permettrait d'avoir plus de moyens pour lutter contre la cachotterie d'AZF.

J'ai eu le droit à tout, y compris le vol d'un premier dossier d'indemnisation envoyé au TGI de Bobigny. J'ai insisté pourtant à diverses reprises à la cour d'appel de Paris expliquant que le tribunal de Grande Instance de Bobigny n'allait pas m'indemniser parce qu'il avait beaucoup de dissimulations dans le greffe en ce qui concerne les dates auxquelles je n'avais pas été entendu, dans le délai légal, qui de plus mouillait la Gendarmerie nationale. C'est un kidnapping judiciaire mon histoire d'accusation.

Accusation, sans violences physique ou verbale, ni arme, sans menaces, ou toute autre situation de doute quelconque, pour que le procureur de Bobigny, le J.A.P. (Juge d'Application de Peine), demande mon incarcération.

A aucun moment, j'ai eu le droit de me défendre. Quelle l'histoire pleine de conséquences.

J'ai même eu le droit d'une histoire d'un gendarme qui s'est permis de relayer que j'étais un repris de justice dans le village que j'habitais, me menant jusqu'à aller voir le maire pour le dégager du village, au lieu d'une plainte pour délation. Des difficultés du genre, j'en ai eu beaucoup.

Je savais que ça n'aller pas s'arrêter, faute d'une justice qui doit avoir des bases fortes.

Furieux de me faire molester par ce petit gendarme, j'écris au président de la Cour d'assise qui a présidé mon jugement aux Assises de la Seine-Saint-Denis le 05 et 06 février 2008, muté à la cour d'appel de Paris. En voici l'extrait : **cour d'appel de Paris ; A l'attention de Monsieur**

Dominique Coujard ; Président Chambre 3-2 et 5-2 ; 34 Quai des Orfèvres.

Monsieur,

Vous avez présidé le 05 et 06 février 2008 à la Cour d'assises de la Seine-Saint-Denis, le procès auquel j'étais acquitté.

Vous rappellerez rapidement du procès auquel un citoyen d'origine brésilienne accusé de viol d'une jeune femme américaine qui d'ailleurs n'a jamais donnée suite à ses accusation, ni au début ni au long, ni à la fin des diverses procédures auquel j'ai les ait affranchis, y compris celle de demander la re-criminalisation de l'affaire, pour être jugé devant un jurée populaire. Décision que j'étais presque certain qu'aller mettre fin aux divers menaces venant des certains subordonnés pour le comptes d'un certain groupe d'autorités, placé à la tête de cet État. Pour vous raviver la mémoire, le juge Roger Le Loire était invité à la barre, actuellement ce magistrat est le Doyen auprès du pôle financier de Paris.

Sa greffière aussi était invité à la barre, rappelez-vous, lorsqu'elle parlé, ses lèvres tremblé, notamment lorsqu'elle avait confirmé que j'étais entendu pour interrogatoire à une date que j'avais contesté.

Pourtant y compris mon avocat de l'époque, n'a pas pu prouver le contraire puis que la maison d'arrêt ainsi que la Gendarmerie chargé d'un tel transfert pour audience, avait soi-disant accomplit la mission pour me transférer pour audience.

Les jurés ont étaient invités pour juger un supposé violeur, et ils ont compris que j'étais victime pour avoir établi un travail d'informatique pour la société auquel travaillé mon beau-père. Celui que vous avez engueulé pour les faites qu'il parlait que j'étais un peu bête alors que tout les autres expliqué que j'étais plutôt doué et intelligent.

Vous avez eu un ingénier des mines qui avait témoigné en expliquant à la cour que l'explosion de l'usine AZF à Toulouse, serait en réalité des conséquences de tests d'origines secrètes.

Vous vous êtes même pencher pour me demander d'arrêter d'aller plus loin avec l'idée des fausses dates d'audiences. Figurez-vous Monsieur Coujard que la preuve concrète de mes dires ont toujours étaient devant le nez de chaque personne censé avoir étudié le dossier y compris vous.

D'ailleurs vous tous, y compris mes divers avocats, par peur de mettre en cause le travail du juge chargé d'instruire le dossier, et puis, parce que vous avez l'air de croire que c'est un moindre affaire, non plus important que les faits d'accusation. Vous êtes devenus aveugle, pour voir que la greffière du juge Roger Le Loire, Madame Christelle Pichon, avait établis des doubles signatures fausses sur les deux dates d'audiences.

Je tenais à vous dire qu'elle utilisa sa vraie signature pour s'identifier comme juge d'instruction auprès de la maison d'arrêt. Elle à d'ailleurs signée pour me libérer de la maison d'arrêt. Devant les preuves si jointes vous pouvez me croire aussi qu'elle avait réussit faire croire en mélangent des pages de mes lettres que j'envoyé depuis la maison d'arrêt, que j'avais confirmé que j'étais entendu par le juge d'instruction.

Je suis certain qu'il s'agit d'une informatrice greffière qui travail pour le compte de la justice, pour le compte de l'organisme secret de l'État, ainsi que pour le compte de certains politiques et de gauche et de droite. Je ne crois pas qu'elle est la seule et le seul dommage est que ce genre de personnage s'identifie comme trompeur de droits.

Le greffier de la maison d'arrêt était complice de la greffière du juge, qui était d'accord qu'elle établit sa signature à sa place, d'accord aussi pour qu'elle établisse une fausse signature.

- Toulouse AZF & La révolution française lumière - Page 180

Juste là je comprends, mais je ne comprends pas comment et par quels accords le juge Roger Le Loire avait réussit convaincre l'avocate chargé de me défendre, pour faire croire que j'étais audiencé en date du 22 janvier 2002. Je m'en fous de savoir en conséquence !

Bref ! J'ai passé plus de 7 ans avant d'atterrir sur cette Cour d'assises en attente de liberté pour vivre dignement ma vie. 7 ans sous les menaces indirectes des services secrets qui travaillent à l'intérieur d'organismes comme la justice, la police, l'administration.

Juste entre 2004 et 2005 j'ai comptabilisé plus de 30 gardes à vus pour tout et pour rien, en 2006 les policiers m'ont amené dans les locaux du l'OCRB de Nanterre, ils ont tentés de faire croire que j'étais le chef dudit Groupe A.Z.F., en 2006 les services secrets brésiliens ont arrêtés 3 agents secrets français dans mon état, ceci alors que j'étais en vacances avec celle qui est devenu mon épouse en 2007, qui était d'ailleurs morte de peur aux Assises en 2008, vous avez pu observer.

Je ne serais vous expliquer le nombre ADT sur mes comptes bancaires depuis 2001, sans oublier au passage de vous dire que je n'avais pas le droit de m'opposer à toutes ses diverses menaces.

J'avais crus pouvoir vivre plus dignement après mon acquittement accompagné de mon épouse, fonder ma famille et vieillir. Et ne pas à raconter à mes enfants tout ce que j'ai subi.

En juin 2008 avec mon épouse, on s'est acheté un immeuble dans le sud ouest de la France, j'ouverts une société de construction de maison individuelle.

Il s'avère que cette société n'as jamais eu de numéro d'Urssaf, j'ai étais victime de cette fusion RSI/URSSAF et leurs bug informatique. J'ai perdu plus de 25 000 euros de frais de fonctionnements. Vu que l'administration ne me donné pas de numéro d'Urssaf, je me suis inscrit au Pôle Emploi depuis la fin de l'année 2009. Jamais un seul dirigeant s'est prononcé pour m'embaucher, alors que je suis un excellent serrurier, j'étais inscrit auprès des certains registres d'assureurs étant l'un des seuls serruriers à ouvrir certains coffres, entre autre.

Alors est venu à mon esprit l'idée de vous écrire cette lettre. Pour vous exposer ma réinsertion dans la société. Pour vous dire qu'il y a 2 jours, je suis allé au Pôle Emploi me réinscrire suite à une radiation sans motif, et au long du procédé informatisé, je découvre en observant sur l'écran de l'agent qui m'avais reçu, l'information duquel en note été marqué : **Incarcéré du 30 juillet 2001 au 15 mars 2002.**

- Toulouse AZF & La révolution française lumière - Page 182

J'ai pleuré de mal.

Mon épouse est fatiguée de vivre cette situation accotée de moi, elle a des problèmes de santé et moi aussi.

Je tenais à vous dire où j'en suis. Après mon acquittement !

J'identifié le problème avant même d'être acquitté. Les valets de la république sont chargés d'éviter que des gens comme moi puissent avoir des moyens financiers, civiques et légaux. Le système lui-même est bâti ainsi. Pour que les intérêts de l'État ou mieux, des dirigeants eux-mêmes, ne soient pas obstruait.

Des personnages comme moi ont une vision de démocratie auquel les institutions jouent un rôle de contre-pouvoir, afin que le pays puisse avoir une identité livré au respect des principes les plus fondamentaux. Et qu'il enseigne.

Je ne veux bléser qui qu'il en soit, je veux juste pouvoir m'occuper de ma famille, de mes animaux. Honnêtement !

Je tenais à vous informer Monsieur Coujard, qu'il est vrai, j'ai la preuve visuel des tests secrets de tirs micro-ondes, en voici quelques clichés. Le système y compris celui de la justice lui-même est affecté pour éviter que telles preuves ne soient pas dévoilées. Je m'en fous, tous ce que je peux vous dire est que ça fait plus de 10 ans que j'annonce que cet état iras tomber en ruines pour avoir choisir cette voix de la cachoterie.

Les investisseurs ne veulent plus y participer à la construction de la France future, ni de l'Europe. Et d'ailleurs les Français non plus. Je vous le répète, je veux juste vivre paisiblement à côté des miens.

J'étais indemnisé 11 mil euros sur la basé de l'article 149 du code de la procédure pénal pour les 7 mois et 15 jours de détention, et le dossier d'indemnisation sur la base de l'article 141-1 du code de l'organisation judiciaire adressé à la Seine-Saint-Denis, demeure sans réponse. Pourtant les délais de réponse ont expirés. Ce dossier était volé et a disparut.

J'établis moi-même cette demande sous forme d'un mémoire. J'ai perdu la confiance de tous les avocats du pays.

Fin d'une lettre adressée à la cour d'appel de Paris.

Si j'ai donné suite à mes investigations est purement par l'idée que l'état ne me lâchera pas les bottes tant qu'il pourra, m'offensant, détruisant ma personne.

Me montrant sa faiblesse et la faiblesse de la démocratie, inexistante, dépourvue d'hommes responsables, et qui règnent comme des rois sans peur de la justice.

J'ai touché à une partie de mes intérêts initiaux vu que ce dossier est en étude loin de la faiblesse judiciaire toulousaine.

Dans mon groupe j'étais le seul qui disait que ce dossier serait un jour jugé à Paris, et qu'une administration ouvrirait le dossier pour lequel j'étais acquitté, afin que mes dires soient vérifiés.

Quand mon dossier sera ouvert, s'initiera une réelle réforme de la justice parce qu'il montrera toute la faiblesse de la justice en France. Celle qui transforme des petites affaires sans preuves en grandes erreurs. Dont une greffière se fait passer comme juge d'instruction, qui établit des fausses et doubles signatures, qui trompe ceux qui jugent dans les tribunaux.

Oui, j'insisterai pour que le juge Roger Le Loire, sa greffière Madame Christelle Pichon, Madame Nathalie Faussat, l'avocat Monsieur Pierre Olivier Sur, soient entendus pour expliquer comment ils ont fait, pour faire croire que j'étais entendu en date du 22 janvier 2002.

Je veux savoir pourquoi la greffière s'est permise de faire des fausses signatures au long des diverses audiences. A t-elle été obligée de le faire, si c'est le cas c'est encore plus grave. Quoi qu'il arrivera, leurs procédés ne doit pas être des faits nouveaux. Le justiciable ne doit pas être un pourri, afin de garantir tout silence de ceux qui démontrent d'être victimes dès qu'ils gênent un minimum. Manque de ladite séparation réelle de la justice française et les gourous de l'État, ceci pour faire avancer l'idée des principes fondamentaux auquel la justice joue le rôle principal pour lutter contre l'ignorance.

N'importe quel journaliste aurait pu en parler en France, sauf que le personnage touche directement des investigations sur des tests secrets mettant en question une bombe interdite par la communauté internationale.

Les journalistes qui étaient censés aller vers la vérité de tels tests ont été dégoûtés de ce qu'ils ont vécus par la suite, beaucoup n'ont plus trouvé de travail et on changé de métier.

J'ai personnellement rencontré quelques uns. Depuis longtemps mes pronostics s'avèrent les plus cohérents. Ne soyons pas dupes, M6 Toulouse, TLT Télé Toulouse, ne ce sont pas fermés par hasard. Eux aussi victimes comme moi d'avoir parlé d'AZF et ses incohérences. Pour rien à la fin, nous verrons.

L'État a fait chuter un tas de personnes et il chutera à son tour, parce qu'il a du mal à observer qu'ailleurs d'autres nous observent et que même les pays amis n'acceptent pas cette indignation générale.

A ce jour, je n'ai pas touché un seul centime concernant mes investigations, ni de Total, ni d'AZF, ni d'aucune association, j'ai toujours pensé qu'il serait mieux d'y rester plus neutre, pour moi, ils sont victimes. J'ai respecté ainsi chacun, par contre j'ai mis un blog en ligne déjà en 2007, et j'ai fais appel à des dons, notamment pour avancer dans cette vérité et vivre mieux.

En sachant que l'État me fait misères, je fais cet appel à l'aide, et pas un seul citoyen qui connait mes démarches m'a versé un seul centime, alors que j'ai aidé quelques uns à se relever. Si cette affaire n'est pas clôturée dans le mensonge total, c'est grâce à quelques enquêteurs privés comme moi.

Ni Total Fina Elf, ni Serge Biechlin directeur d'AZF au moment des diverses explosions à Toulouse, ni une seule association de victimes, ni des salariés d'AZF et d'ailleurs, ni les procureurs, ni juges ou présidents de Cours ont demandé la levé des documents sismiques militaires à Monsieur le président de la République. La seule pièce logique qu'identifie un épicentre de 3,4, ou plus, en réalité. Ils sont informés chacun que les données sismiques militaires classées pièce confidentielle est la preuve que l'épicentre est ailleurs.

Pourtant tous savent qu'initialement les experts aposté par la justice, ils ont tenté de faire croire que l'épicentre eut été à AZF.

La réalité est que cela confirmera qu'il a été explosé une décharge atomique auprès d'une population.

Par contre je suis le seul qui pense par un effet de logique que nous allons tous vers la direction murale dans ce pays grâce aux manques de volonté de la vérité, or il sera plus simple d'aller vers la vérité pour débloquer l'idée de confiance.

Je conseil, qu'un président de la République délivre les documents sismiques militaires demandés dans cet ouvrage. Ce président de la République participera aisément d'une situation qui débloquera la confiance mondiale pour une république libre de bonnes intentions, et modernes.

Ceux qui attendent de se faire indemniser par Total Fina Elf ou la Grande Paroisse d'AZF, imaginant toucher une indemnisation plus importante se trompent, qu'ils seront indemnisés à la hauteur de leurs malheurs, justement parce qu'ils ont déjà été trompés depuis le 21 septembre 2001.

Je partage leurs douleurs, sauf que j'entends bien que dans ce pays il n'y a pas de justice lorsqu'il s'agit d'erreurs induites par le chef d'État, qui construit le silence total des politiques, ainsi que le silence des hommes de justice. Leur dernière chance pour mieux se faire indemniser sera le jugement à Paris et si toutes les pièces sismiques militaires apparaissent.

Les victimes imaginent qu'ils ne toucheront pas grands chose de l'État si de tels dires se confirment.

C'est l'égoïsme et la peur qui fait que peu de personnes veulent demander avec moi la seule pièce capable de prouver exactement la profondeur de l'explosion souterraine.

De mon côté, ce n'est pas compliqué, tant que je n'aurai pas des gains médiatiques forts en France sur mes investigations pour me faire dédommager par l'État directement, vu que sa justice ne fonctionne pas, je serais censé d'accepter l'injustice contre ma personne.

- Toulouse AZF & La révolution française lumière - Page 189

L'État français est un mauvais payeur c'est évident, pour cela qu'il ne faut pas se faire des idées fausses.

Je me suis déjà presque contenté que je ne serais jamais indemnisé. Je ne suis pas un ignorant, je veux que la justice fonctionne pour que demain ce pays approuve le bon sens.

La base c'est la justice. Autrement c'est la politique de l'autruche qui prime, en voici une preuve ; Objet : Demande d'enquête administrative.

Monsieur Le Président,

Le 6 février 2008 devant la cour d'assises de la Seine-Saint-Denis, après 2 jours de débats intenses, j'étais acquitté à l'unanimité, 15 minutes après le délibéré des jurés qui a suivi.

Cette démarche a été faite à mon initiative contre l'accusation calomnieuse de viol sans violence, sans menaces ni physiques et verbales et sans que l'accusatrice soit présente.

Pour cela Monsieur Le Président, j'étais invité à démontrer tout d'abord l'incompétence de la Police devant l'affaire, des divers experts psychiatriques, des instances judiciaires, et donc du tribunal correctionnel de la Seine-Saint-Denis, ainsi que du Parquet.

Suite à cet acquittement, j'ai pris l'initiative de ce qui est de mon droit de demander, une ouverture d'enquête administrative pour le ministre de la justice, Madame Rachida Dati, garde des sceaux de la République.

Malheureusement pour moi, ma demande est arrivée dans les oreilles d'une sourde, qu'apprécie la politique de l'autruche, mais je m'y attendais.

Pourquoi dans le fond je désire une ouverture d'une enquête administrative : Lors de ma seule et unique audience devant le 2ème juge chargé de l'affaire, **le 14 mars 2002,** j'étais libéré le lendemain après 7 mois et demi enfermé sous le numéro de détenu 10444 dans la maison d'arrêt de la Seine-Saint-Denis à Villepinte.

Effectivement Monsieur le Président, le juge Roger Le Loire en charge du dossier, avec la complicité de sa greffière et de l'avocate qui m'a assisté, m'ont fait signer 2 audiences à des dates différentes, alors que j'étais en situation de faiblesse.

Une première antidatée du 22 janvier 2002, que j'ai paraphée avec mes initiales, et une seconde audition datée du 14 mars 2002, non paraphée, le juge m'ayant surmonté d'avoir paraphé la première.

Si vous me posez la question précise si je crois en la justice française, je vous répondrais « oui » Monsieur Président, je ne crois pas que ce magistrat réussira à rester impuni d'avoir commis un crime contre ma personne ; faux, usage de faux sur écritures, obstruction à la vérité (Entrave), dissimulation de pièces judiciaires, atteintes aux droits d'autrui.

Voila ce que je vous réponds.

Les preuves existent, et seule une enquête administrative vouée à la vérité de l'affaire pourrait les officialiser.

Le plus incroyable de mon point de vue est le fait que le greffe de la maison d'arrêt de la Seine Saint-Denis affirme que je suis allé me faire entendre par ce juge ce jour du 22 janvier 2002.

Hors Monsieur le Président, je ne me suis jamais rendu devant ce magistrat à cette date.

J'étais bel et bien dans l'enceinte de la maison d'arrêt sous le regard des surveillants.

En vérité Monsieur Président, j'ai dû m'investir depuis ma sortie de la maison d'arrêt de la Seine-Saint-Denis le 15 mars 2002, à une enquête très minutieuse, non seulement concernant cette affaire d'accusation calomnieuse sur ma personne, mais aussi sur ce qui est connu en France de l'affaire de l'explosion de l'usine AZF.

Comme je sais que vous êtes bien informé, il est temps que vous soyez informé davantage, je suis la personne qui a conçu le programme informatique qui gérait juste au moment de cette explosion, les instructions de services de l'usine SNPE (Société nationale des poudres et explosifs) à Toulouse, travail que j'ai établi pour le compte de l'usine.

Sachez que déjà au milieu du mois de mai 2001, j'avais observé que j'étais suivi à Toulouse et rapidement j'ai compris que j'étais en danger.

J'ai même pu éviter de justesse un accident après avoir constaté que mes cardans de voiture avaient été sabotés.

J'ai eu beaucoup de chance de ne pas avoir eu un accident de la route.

Quelqu'un voulait avoir ma peau, et ce quelqu'un, j'avais envie de le connaître.

Pour tout vous dire, j'ai bien compris dès le départ de l'accusation de cette jeune américaine que je me faisais roulé dans la farine, par les magistrats chargés de l'affaire, ainsi que la greffière de ce juge Roger Le Loire, par mes avocats, par mon beau-père qui était l'un de chef de quart de la SNPE, et surtout par une instance poche de l'État français, les services secrets de la Présidence.

Plusieurs membres de ma famille au Brésil travaillent politiquement au service de la population et les générations se succèdent afin de garder la confiance de la population en contre partie.

Pourquoi Monsieur Le Président je vous dis ça !

Pour vous expliquer certaines choses qui vous échappent, comme ce qui suit ...

Il fallut très peu de temps pour que je comprenne après ma sortie de la maison d'arrêt de la Seine-Saint-Denis, que l'accusation calomnieuse avait rapport avec des préparatifs à caractère militaires qui ont conduit aux explosions dans la ville de Toulouse dont celle du hangar 221 de l'usine AZF.

Comment pouvoir vous expliquer Monsieur Président, c'est comme je vivais deux fois l'histoire.

Je savais qu'à Toulouse, j'étais en danger, du coup, je suis allé en Belgique, après avoir demandé de l'aide à des membres de la police fédérale Belge, pour me donner la protection de ma vie, abandonnant ainsi, tous mes biens à Toulouse.

CARLOS XERFAN

Je suis revenu définitivement en France la veille même de mon passage auprès du tribunal correctionnel de la Seine-Saint-Denis.

Je savais déjà que je serais condamné, et que j'aller faire appel. Cela bien que le Président du tribunal, n'ait pas voulu entendre un témoin qui avait hébergé en tant que fille au pair mon accusatrice et qui voulait dénoncer le style de fille qu'elle était. Pour vous dire davantage Monsieur Le Président, je savais que je serais libéré de ses accusations calomnieuses seulement devant une Cour d'assises.

J'ai dû franchir 7 instances judiciaires, pour vous écrire en étant un homme libre, et se réjouir de cette liberté.

Seulement vous Monsieur Le Président dans le pays, vous pouvez demander une ouverture d'enquête administrative concernant le déroulement de l'affaire d'accusation contre ma personne, je vous demande, afin que toute la vérité ressorte. Aucune instance au dessous de vous, n'a voulu se prononcer.

Si je peux me permettre Monsieur Le Président, je vous demande, de vous approcher à nouveau de Monsieur Jacques Chirac, et de lui demander conseil sur la réalité des projets européens ratés de Toulouse en 2001.

Je peux vous garantir Monsieur Président, sera impossible à terme de cacher la réalité de ses essais et l'inévitable.

Vos agents ont fait beaucoup d'erreurs, et ont mis toute une population en danger, par manquement d'une décision cohérente.

Ce choix politique du mensonge vous mettra toujours et pour long temps, en position de vulnérabilité.

Vous pouvez Monsieur Le Président refuser ma demande, ou régler la situation une fois pour toutes, **avec intelligence.** Personnellement, je pense que vous le ferez.

En vous souhaitant bonne continuation dans vos projets, je vous demande de croire, Monsieur le Président, à mes sentiments les plus respectueux.

Demande envoyé à Monsieur Nicolas Sarkozy, président

de la République française.

Fin de la Lettre envoyé à Monsieur Nicolas Sarkozy.

Une démarche d'enquête administrative pourrait officialiser les preuves du kidnapping auquel j'étais victime.

Aujourd'hui je suis vacciné de tous les tribunaux, justement pour ne pas parler d'AZF en mettant en cause des bavures.

J'abuse un peu d'eux, je sais ! Mais comme je sais que certains sont sourds, alors j'abuse encore plus.

Le tribunal censé indemniser une personne lorsqu'elle est acquittée, est celui qu'avait initié l'affaire. Donc dans mon cas, celui de la Seine-Saint-Denis. D'ailleurs ma mise en détention provisoire en maison d'arrêt a été appliquée à la demande d'un juge d'application des peines de la Seine-Saint-Denis.

Le plus dégueulasse dans cette affaire est qu'on m'avait mis en détention pendant 7 mois et ½, en mentant sur les dates d'audiences, en négociant ma détention avec mes avocats, me jugent sur des dires sans preuves concrètes, cachant les preuves aux présidents de la cour d'appel de Paris, bref ! Pour me lâchèrent au lendemain après mon audition, afin de me demander si la couleur de ma chemise était blanche.

Du coup, j'ai compris qu'il faut parler leurs langages. Voyons ; en preuve : la réponse de ma demande d'indemnisation et ce qui suit, ça va chauffer.

La réponse du Président du TGI de Bobigny.

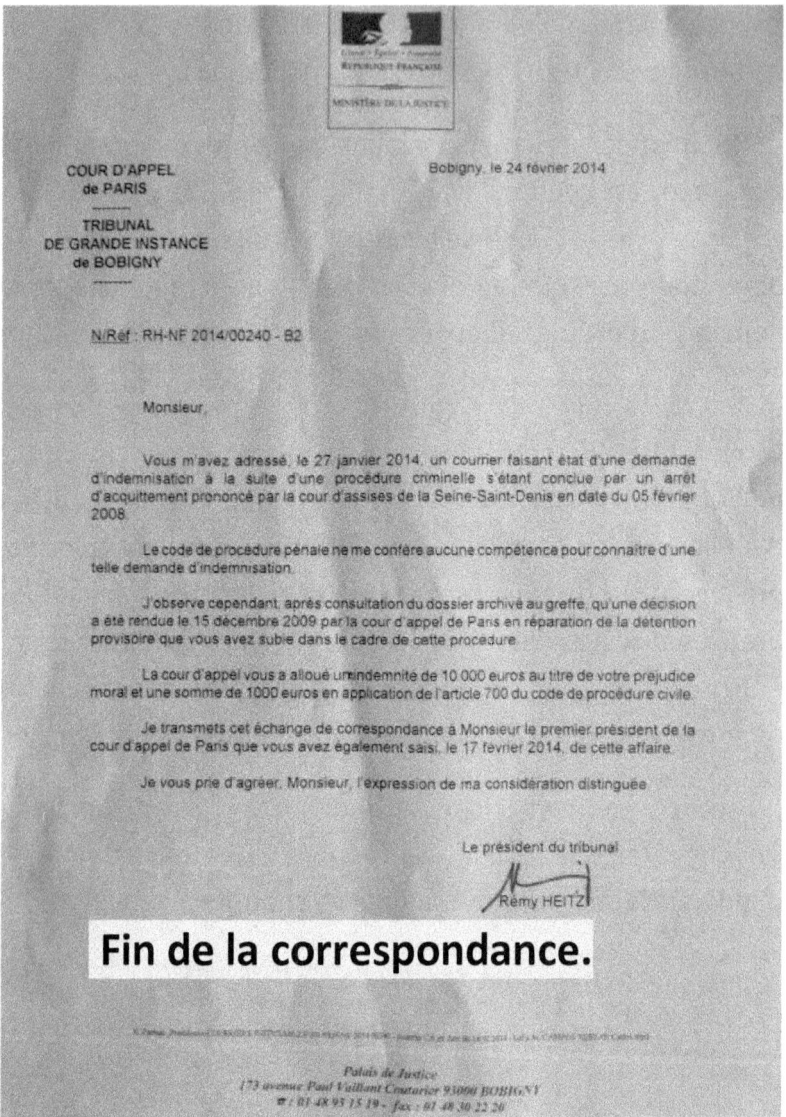

COUR D'APPEL
de PARIS

Bobigny, le 24 février 2014

TRIBUNAL
DE GRANDE INSTANCE
de BOBIGNY

N/Réf : RH-NF 2014/00240 - B2

Monsieur,

Vous m'avez adressé, le 27 janvier 2014, un courrier faisant état d'une demande d'indemnisation à la suite d'une procédure criminelle s'étant conclue par un arrêt d'acquittement prononcé par la cour d'assises de la Seine-Saint-Denis en date du 05 février 2008.

Le code de procédure pénale ne me confère aucune compétence pour connaitre d'une telle demande d'indemnisation.

J'observe cependant, après consultation du dossier archivé au greffe, qu'une décision a été rendue le 15 décembre 2009 par la cour d'appel de Paris en réparation de la détention provisoire que vous avez subie dans le cadre de cette procédure.

La cour d'appel vous a alloué une indemnité de 10 000 euros au titre de votre préjudice moral et une somme de 1000 euros en application de l'article 700 du code de procédure civile.

Je transmets cet échange de correspondance à Monsieur le premier président de la cour d'appel de Paris que vous avez également saisi, le 17 février 2014, de cette affaire.

Je vous prie d'agréer, Monsieur, l'expression de ma considération distinguée.

Le président du tribunal

Rémy HEITZ

Fin de la correspondance.

Palais de Justice
173 avenue Paul Vaillant Couturier 93000 BOBIGNY
☎ : 01 48 95 15 19 - fax : 01 48 30 22 20

- Toulouse AZF & La révolution française lumière - Page 198

Après avoir adressé un dossier important de demande d'indemnisation à la cour d'appel de Paris, le 03 mai 2011, j'ai rencontré un président de la cour d'appel de Paris au Palais de justice de Paris, que m'a expliqué pour ma demande, quelle devrait être envoyé directement au tribunal de grande instance de Bobigny et nous avons beaucoup parlé.

Je lui en ai parlé quant à mes craintes pour me faire indemniser par le Tribunal de grande instance de Bobigny, sous la base de l'article 141-1 du code de l'organisation judiciaire. Code pour lequel l'État est tenu de réparer le dommage causé par le fonctionnement défectueux du service de la justice. Par fautes lourdes ou par un déni de justice. J'ai parlé de mes investigations du dossier d'AZF de Toulouse, et mes découvertes.

En amont de cet ouvrage j'indique une correspondance adressé à la cour d'appel de Paris, pour Monsieur Dominique Coujard, Président de la Cour d'Assise qui avait présidé mon jugement, pour lui indiquer que la demande d'indemnisation avait disparut du TGI de Bobigny. Confirmé par Monsieur Rémy Heitz, pour la date du 17 février 2014.

A aucun moment ce dernier indique dans sa réponse, le vol ou perte de ma première démarche d'indemnisation, pourtant enregistré 2012/00728/A11, enregistré le 30 avril

2012. Choisissez votre camp, cela mérite une vraie réponse, voyons ! Le Premier Président. Tribunal de grande Instance de Bobigny, 173, avenue Paul Vaillant Couturier.

93000 BOBIGNY – Seine-Saint-Denis

Le 06 mars 2014

N/Réf : RH-NF 2014/00240 - B2/2012728-A11

Monsieur,

J'ai eu un énorme plaisir de recevoir votre réponse, enfin elle était longue, presque deux ans, ouf ! Ne me dites rien je comprends parfaitement qu'il s'agit d'un problème français, encore un autre : LE RETARD DE LA JUSTICE !

De votre réponse, j'ai parfaitement compris que vous avez eu connaissance de mon acquittement prononcé le 06 février 2008. Acquittement duquel le tribunal en premier ressorts de grande instance de Bobigny, m'avais envoyé en détention provisoire sans preuves notamment les preuves ADN, bien que le sang censé être de mon accusatrice s'avéré d'un génotype masculin.

S'ajouté les fausses signatures de la greffière qui parfois été juge, parfois greffière, parfois 'fausseuse' de signature, parfois griffonneuse de côtes, parfois faignante qu'oublié de faire son travail de cotation. Cela semble des preuves suffisantes d'erreur de justice, déni ou tout simplement un foutage de gueule.

Cet accusation de viol, sans violence ni verbale, ni physique, sans accusatrice et ni preuves de viol, m'avait fait gagner divers surnoms en maison d'arrêt (Frôleur, fils de pute, bâtard, sale race).

J'ai eu en conséquence de la détention, diverses tentatives de viols, et violence sur ma personne. Ce qui consiste d'atteintes qui à durée 7 mois et 15 jours.

Vous rapportez parfaitement que le 15 décembre 2009 j'étais indemnisé de la somme de 10 000 Euros au titre des préjudices non sur la base moral comme vous indiquez, mais sur la base d'indemnisation des cumuls des salaires que j'ai perdu étant enfermé innocent. Ainsi que 1 000 Euros en application de l'article 700 du code de procédure civile. Cela fait un total de 11 000 Euros d'indemnisation sur la base de l'article 149 du code de la procédure pénale.

C'est très mal indemnisé pour se faire violer pensez-vous ?

Vous du TGI de Bobigny vous m'avez violé, j'ai mérité au moins d'avoir un bisou en bouche de votre part pendant le viol, ça aurait éventuellement pu m'exciter !

J'aurais peut-être eu moins mal.

Vous, Monsieur le Président Rémy Heitz, vous avez était requis pour étudier mon mémoire d'indemnisation sur la base de l'article 141-1 du code de l'organisation judiciaire.

CARLOS XERFAN

Dossier qui présente toutes les incohérences cités, déni de justice et les erreurs qu'il en soit volontaire et involontaire.

Arrêtez de croire que les autres sont des idiots, vous êtes quand même le premier Président du tribunal de Bobigny.

Je comprends parfaitement votre incompétence, vous n'étés pas le seul dans ce dossier par contre vous vous opposez à la décision de la cour d'appel de Paris qui recevra la copie de ma correspondance adressé à Monsieur Le Premier Président. En forme de réclamation !

N'oubliez pas mes surnoms de détenu, et si vous voudriez bien rendre mon vraie nom, je m'appel Carlos Alberto CAMPOS XERFAN, je défends les droits fondamentaux y compris devant les tribunaux.

Je vous pris, Monsieur le Président, d'accepter mes plus respectueuses sincères salutations.

Fin de ma réponse.

Triste président de tribunal qui se fout de la gueule du monde. J'ai crus initialement que sa réponse était un « FAKE ».

Le tribunal de Bobigny est le tribunal censé d'étudier leurs appréciations initiales qui m'ont fait vivre la prison sans aucune preuve. J'espère avoir fait comprendre le mensonge

- Toulouse AZF & La révolution française lumière - Page 202

de l'Europe. Celui ou celle qui conteste mes dires, les tribunaux sont ouverts.

La France ne pourra jamais cacher ses installations de Pech David, ni les traces souterraines radioactives.

La seule chose que je me demande est, où est passée l'eau utilisée pour refroidir telle explosion. S'il faut, les Toulousains en ayant bu, n'ont pas senti. C'est ce qui me pousse à réagir.

Tout le monde sait qu'une partie de ce dossier dont les actes ont été verrouillés au secret-défense, « l'eau radioactive est impliqué ». On aurait pu éviter davantage de décès. Je répété : j'avertis pourtant la sécurité civile à l'époque, qui trinquait au nom de la loi des trois règles du subordonnée : pas vu, pas entendu, pas dit.

C'est là que je me dis que le « **zombialisme** » avec de l'anesthésie, sont dangereux pour la santé. Qu'il faut rapidement compulser la vérité à l'actuel président de la République pour laisser aux prochains mandataires faire le boulot librement. C'est l'avenir qui se joue.

Soyez avec moi pour demander les preuves sismiques militaires du 21 septembre 2001. Par ailleurs nous devons arrêter la mise en place des divers boucliers antimissiles dans le monde et nous reconnecter avec l'énergie naturelle

CARLOS XERFAN

qui nous offre notre planète, même si elle est si fine et inaperçue. Sinon nous serons condamnés à vivre sous un tapis de particules dangereuses pour notre santé, qui nous tombent en forme de pluies acides pour laquelle les dirigeants nous ferons toujours croire à une pollution humaine.

Ne soyons pas abasourdis en observant de plus en plus de nuages basses et le ciel souvent gris foncé, des appareils électroniques réagir bizarrement au fil du temps. Les ondes radios son plus puissantes dangereuses, et inquiétantes.

Ce bouclier anti-missile est très dangereux au point de provoquer des réactions humaines nouvelles dans les endroits les plus nobles.

Quand la France comprendra qu'elle devrait s'investir plus à la politique de bien vivre, menant la paix, la vérité, une justice qui fonctionne, des contre-pouvoirs forts, proche aux principes qui ont fondé la république telle qu'elle avait connus au long de ses années glorieuses, s'adaptant aux erreurs que la fragilise. Elle sera forte, non par ses armes, mais par ses convictions de droits de l'Homme initiales.

<u>Un État fort a un peuple intelligent.</u>

A l'époque où l'homme moderne arrive à inséminer d'ADN de mammouth dans des éléphantes, ont peut quand même connaître s'il est capable de lutter pour la protection de la race humaine naturellement ou s'il se prépare à l'effacer.

Pour mieux comprendre mon idée d'alerter aux éventualités auxquelles j'ai réalisé dans une logique naturelle tout une grande vision d'avenir, ainsi que comprendre mes idées initiales sur la technologie micro-ondes pour y arriver à tels conclusions, il faut être vigilant quant à l'avancement des folies humaines. Par exemple : Colares, État de Pará au Brésil.

Connaissez-vous ?

L'affaire ROSWELL de l'île de Colares ou l'île du café.

L'affaire auquel je vais expliquer semble être purement de nature humaine jusqu'à la preuve du contraire.

Dont les événements se sont déroulés en grande partie au dessous de la baie de Marajó, à la proximité de l'île de Colares localisée au nord du Brésil.

Le scénario parfait (Août 1977).

Un phénomène exceptionnel s'est produit au long de plusieurs mois. L'apparition fréquente d'objets non identifiés étranges stationnaires et volants, souvent lumineux, qui projetaient des minces rayons plasmas dirigés vers des humains.

L'essentiel de victimes recensées habitent dans la petite île modeste localisée à 90 km de la ville de Belém, à l'époque vivaient environ 2000 habitants dans cette île idyllique brésilienne. Il vivait dans l'île plutôt une population très peu scolarisée et indigène d'origine. La quasi totalité des familles vivent de la pèche personnelle.

Ces objets créèrent la panique complète, notamment qu'il était facile d'observer les objets soi-disant extra-terrestres, et qui brillaient intensément grâce à leurs projecteurs halogènes puissants.

Colares en 1977, était éclairé une à une heure et demie par jour environ à cet occasion, et seulement quelques habitants avaient accès à cet éclairage rapide qui s'arrêtait avant 21 heures. A savoir que cette île se localise proche de la ligne de l'équateur, que toute l'année la nuit tombe vers 18h00 heures environs. L'île de Colares, aujourd'hui vit essentiellement d'un tourisme due aux fameuses apparussions d'OVNIS et d'extra-terrestres au nombre de deux seulement aperçus. Vous êtes déjà curieux de savoir qu'est ce que cela peut avoir avec ce donc s'est passé à Toulouse.

Plusieurs points pourront déjà diverger entre ses deux endroits bien distants, notamment le premier donc le plus intelligent, et le plus curieux (Moi), et ma connaissance de tirs de blocs de plasmas dirigés.

Évidemment, des tirs de plasmas peuvent être extraterrestres, sûrement humains, vue le nombre d'années d'études, de recherches établies dans le monde depuis la Deuxième guerre mondiale.

Etudes que la population mondiale ignore, ou se réveille presque qu'au long de ces 10 dernières années.

Ce qui donc s'est passé à l'île Colares, dans les années 1977.

Des petits aéronefs se permettaient d'envoyer des faisceaux de blocs de micro-ondes, qui tétanisaient les habitants touchés. Créant une panique générale dans une région abordant la baie du Marajó qui est l'entrée fluviale et la plus commerciale de la ville de Belém auquel je suis naturel.

Cette affaire de Colares et même l'affaire de Belém aux années 66, je connaissais depuis ma tendre enfance. J'ai grandi dans un quartier convoité par les histoires d'OVNIS.

On se racontait souvent l'observation d'un engin qui est apparut devant plusieurs personnes de mon quartier, au ciel de l'association FEIJ – (Fédération Educationnel Infanto Juvénile) de Belém. Ce qui est intéressant de comprendre est que cette association avait à l'époque un grand terrain d'entraînement sportif ; un terrain d'athlétisme.

Idéal pour une pause en cas de panne de navette spatiale ou humano. C'était déjà l'époque où les grandes nations utilisaient des grands drones aux formats de navettes spatiales comme ont les imagine.

Ceci avant l'arrivée de la télévision dans le monde comme on observe aujourd'hui.

Lors de cette observation sur la FEIJ, un ado assez courageux, était présent, il s'appelait Hollanda. Ce même ado fut dépêché plus tard pour le compte de l'armée de l'air brésilienne étant le commandant chef des opérations pour relever les informations à tels parutions sur l'île de 'Colares do Pará'.

Pour les plus curieux sachez qu'une petite partie de ce dossier militaire brésilien fut dévoilé publiquement récemment, connu comme « OPERAÇÃO PRATO ».

Par la suite le commandant Hollanda a fait une interview filmée, disponible sur Internet.

CARLOS XERFAN

Il dévoila de forme plus détaillée l'ensemble de ce qu'il s'agissait peut être, et ce qu'il s'agissait pour l'époque.

Par période le ciel de la baie du Marajó été victime d'apparitions de lumières inconnues et des objets volant non identifiés, notamment aux moments qu'il ait été observés des formations de nuages fortement chargés en électricité, et souvent basses.

Comme pour Toulouse, le facteur vent aussi peut influencer sur les chances d'observer les lumières et plasmas de cette technologie. Le vent est souvent intensément faible lors d'études secrets d'expérience en extérieur. Les grandes armées se massacrent, dans une guerre froide & politique discrète.

A Toulouse en 2001, tels blocs de faisceaux fins et gros, ont été créés et étudiés, le tout, dirigés par la DGA.

S'agit d'études d'armes de destruction massive. Interdite, tout le monde s'est tu, et personne ne fais rien. Un fin bloc de micro-ondes peut créer une perturbation au niveau du battement cardiaque humain, créant une paralysie musculaire, allant jusqu'à l'arrêt définitif de cet organe.

Ont peut aussi l'utiliser tel technologie pour créer un chemin d'induction, et décharger les nuages afin de contrôler la foudre. Une fois les nuages atteintes et contaminé, les perturbations électromagnétiques deviennent incontrôlables.

L'intelligence humaine peut aller jusqu'à la conception d'éclairs artificiels utilisés pour mettre en perturbation les installations souterraines des armées.

Comme ce fut le cas des installations à Toulouse le 21 septembre 2001.

Il existe, des valises petites en volume et taille, qui se déclenchent par signalement de mouvement sismique important.

Créant des éclairs de forte puissance qui rentrent directement sous terre. Tenues par les grandes armées.

Après déclanchement, en surface, ont peut observer d'éclair montant vers le ciel, créent des sifflements, ou clic-clics intenses, audibles, principalement par les animaux, sensibles aux ultrasons.

Ses effets sont secs et brefs.

Les témoins libres, dans l'affaire de Toulouse ne mentent pas lorsqu'ils rapportent leurs concours dans le dossier judiciaire.

Des effets qui ont aussi occasionnés pleins d'effets inexpliqués, et que s'expliquent seulement par les données sismiques militaires liés au sabotage que je mets en évidence, ils sont divers ; sur une grande zone : Extincteurs qui fonctionnent sans raisons, pannes de téléphones, d'ordinateurs, 'flamèches', alarmes affolés, tonnerre, magnétisations, tétanisations, montres qui s'arrêtent, bref, Ils étaient réels, tous !

L'eau est un excellent conducteur d'électricité et d'éclairs, tout comme l'acier, et le nitrate d'ammonium liquide.

A ce moment de test secret, d'électricités envoyées à la terre, d'éclairs, d'explosions souterraines, il ne devrait pas y avoir grand-monde en sous-sol de la base secrète de Pech David, par contre, il y avait des personnes à ce moment là aux sous-sols de la SNPE. Ils ont sûrement eu la peur de leurs vies.

Telles personnes ce sont retrouvés dans une situation d'aimant humains à la seconde qui a suivi la mise en route de tels sabotages pour lequel ma neutralisation avec cette accusation de viol, a fait tilt pour moi.

J'ai rencontré l'un des agents qui travaillé en sous-sol à la SNPE au long de mes investigations. Son vécu à ce moment là fut assez terrifiant. Je n'en dirai pas plus.

En connaissance du dossier AZF qui sera jugé à Paris, je peux garantir que, les effets occasionnés par le sabotage, et la mise en terre pour l'ensemble électrique, ont déclenché diverses explosions au sein même de la SNPE, par l'effet terrestre de concurrence électrique. Sauf une d'entre-elles, qui était censé cacher l'explosion artificiel souterraine dans les entrailles de la colline de Pech David : **l'unité de cogénération électrique !** Déjà évoqué dans cet ouvrage.

En arrêt et en pleine maintenance. L'unité était couplée dans une grande logique, avec le réseau d'EDF.

Cette unité de cogénération servait essentiellement pour assurer l'autonomie électrique de l'usine, disjonctant du réseau EDF une fois activé. Tout en évitant les coupures d'électricités. Basculant d'un réseau à l'autre. Qu'à l'issue du technicien chargé de la mise en route ce jour là, lors d'un nouvel essai, la troisième tentative de mise en activité de cette cogénération il y a eu un boum qui à détruit cette atelier de cogénération.

Qu'étrangement les deux premières tentatives de mise en fonctionnement n'ont pas fonctionnés.

Parallèlement, qu'un troisième réseau était lié directement au déclencheur de la mini bombe installé dans le puits d'essai, utilisé secrètement.

Branché par des agents secrets français, et l'un deux en est mort.

Et incinéré.

N'était pas un hasard dans ce dossier, que la piste électrique eut été l'une des plus sérieuse entreprise notamment par l'ensemble des enquêteurs privés. Ni un hasard que le sismographe le plus proche était entreposé sur une banale table à l'OMP.

Au moment du troisième essai de mise en route de la cogénération de la SNPE, commence les divers effets précurseurs observés, notamment : le défaut électrique du poste EDF liée à la SNPE et sa cogénération, le mouvement sismique et les premiers dégâts occasionné par le mouvement sismique proche de l'épicentre mis en cause par le document sismique militaire manquant, les éclairs en forme de grands « V » partant du sol vers le ciel dû au sabotage contre technologique ainsi que les premiers panaches des colonnes de fumés dues à l'effet de rétroactivité électrique, explosant les cuves mal isolés des bâtiments en aciers et les cuves enterrés de la SNPE, les clic-clics, les premières tétanisations, les effets inexpliqués de près et de très loin, le premier bruit de son sec donnant idées à l'explosion d'un pneu de camion, les coupures électriques. Les boules de feux sur les toits du pôle chimique et des nouveaux faisceaux horizontaux et verticaux. Ensuite, l'explosion et décollage de la tour dite de 'prilling', les premiers débris chaud de cette tour qui décollé, consommant le gaz aperçu depuis tôt ce jour-là, ont, suivie immédiatement de l'explosion de l'hangar 221 d'AZF.

Apparut la géante panachée de fumée, suivie d'un souffle important au moment où s'observé et s'entendaient des aéronefs ; hélicoptères, et deux avions de chasses de l'armée de l'air qui ont traversés la ville férocement, proches du pôle chimique.

Il faux rappeler que depuis très tôt ce matin là, qu'une énorme odeur inquiétante, semblable de l'ammoniac, ou d'hydrazines mélangés à du nitrate d'ammonium fondu, dû à l'action nocturne chimique dite : d'intimité. Observé par un nombre important de témoins, que selon la position de chaque témoin, s'entendis deux, une, ou diverses explosions. Pour ce jour de diverses explosions, d'effets, que la justice en France ne pourras pas sans mon aide, ainsi que l'aide des divers enquêteurs privés, expliquer l'explosion de l'hangar 221 d'AZF.

Les Toulousains se réjouissent de la chance qu'ils ont eu, que les matières les plus explosives à la SNPE aient résistés aux diverses concomitances qui n'ont pas épargné l'usine AZF ; sa tour dite de 'prilling' qu'entreposé son nitrate d'ammonium liquide, et son hangar de nitrate d'ammonium rigide agricole.

Pour donner une vision rapide de la fabrication des granulés d'AZF, détonnés hasardement ; il s'agit d'une portion aqueuse, dont le nitrate d'ammonium liquide ; projetés en goutes depuis le sommet d'un géant séchoir, déshydratant les goutes par chaleur ventilé, qu'arrivaient plus bas à 95°C, directement dans une sacherie. Puis entreposé.

À cet état rigide, les granulés ne sont pas sensibles pour exploser, ils explosent seulement dans les situations rares et ont besoin d'une source forte de chaleur proche, ou supérieure à 500°C.

Les toulousains, les « colarenses », l'Humanité, ne sont autre que victimes d'une guerre très puissante d'acquisition de technologie bien humaine, qui donne air assez extraterrestre ; inhumaine. Projetant des matières lourdes sur nos nuages, matières souvent inodores comme l'aluminium en fine poudre.

Que sommes-nous en train d'accorder, depuis plus de 50 ans ?

Le plus incroyable est que les toulousains n'ont toujours pas de réponse concrète de la réalité de ce qui s'est passé à Toulouse en date du 21 septembre 2001 réellement 15 ans après.

Les brésiliens de l'île du café ce sont dit qu'ils étaient après tout, bienvenus les visiteurs de lumières qui paralysent.

L'île est d'ailleurs convoitée par les ufologues du monde entier. Moi-même je suis attaché à cette île, ainsi que la défense de ce scénario naturel très rare dans le monde.

Une région très ionisée naturellement. L'ionisation naturelle est très bonne pour la santé humaine. Bémol, cette région est devenue la poubelle de l'Humanité pour sa technologie micro-ondes.

Les grandes puissances, déchargent leurs équipements de projections micro-ondes dirigées, sur les nuages bas qui se forment au long de cette merveilleuse baie amazonienne.

Les pertes économiques sont importantes, notamment électroniques. La population de cette zone vit des grandes perturbations électromagnétiques apportées par les nuages infectés qui traversent les villes.

Causes connues des pannes informatiques, électriques, techniques, importantes.

Le nombre de téléphones portables qui grillent, d'ordinateurs, d'appareils ménagers est incalculable, les autorités par naïveté n'ont pas encore organisé des études sur la question. Pour autant ils s'organisent pour créer l'observation de tels effets d'élévation électromagnétiques naturels et artificiels.

CARLOS XERFAN

Depuis que je l'ai mis en garde sur cette question que surélève beaucoup d'interrogations depuis plusieurs années.

Cette région n'est pas la seule dans le monde à être convoitée par son scénario naturel, qui réunit un nombre important de points pour des tests sauvages. Le premier des points est l'absence de police technologique civile.

Depuis déjà 2002 lors de mes premiers mois d'investigations sur le sujet AZF, j'avais mis en garde par le biais des blogs et de lettres aux autorités locales, régionales, et d'État.

Concernant les maladies nouvelles technologiques dues à ma connaissance de témoignages de l'île du café. Rien de plus naturel qu'éviter davantage de victimes.

Beaucoup de personnes mal soignés ont péri. Leur bon suivi mettrait rapidement en alerte la communauté scientifique, qu'il s'est passé autre chose de plus grave que, ce que les autorités, certains experts officiels et la justice à Toulouse tentaient de faire croire pour ce 21 septembre 2001. Beaucoup de victimes d'après AZF ont péri dans le silence complet. Il apparaîtra des personnes opposées à mes témoignages qui diront que je devrais avoir plus de respect pour les victimes d'AZF, en croyant que cela est une fragilité pour moi.

Pourtant je suis celui qui avance que l'explosion de l'usine AZF a tué plus de 200 personnes suite à leurs blessures dues au souffle puissant qui a détruit la ville, et d'autres atteintes par des maladies mal soignées.

Les toulousains s'ils en décident, ils sauront relever le défi de comptage nouveau, s'il faut le faire. C'est bien cela que j'apprécie chez les toulousains, ils ont la cohérence de refaire à nouveau tout pour rétablir le dialogue. Les toulousains aiment la vérité et l'accepteront la vérité secrète. Dans le cas où elle est affirmée ou infirmée.

Le début de la vérité sur les diverses explosions à Toulouse en date du 21 septembre 2001 donc celle d'AZF, s'approche.

Les témoignages parlent, des victimes touchées par les faisceaux lumineux de l'île du café, les effets qui apparaissent les plus sont : lassitude, tension nerveuse importante, dépression aggravée, fonctions motrices perturbées, hyperémie généralisée, maux de têtes intenses, brûlures sur le corps et une forte envie de gratter certaines zones du corps souvent, fièvres, nausées, tremblements corporels, raideurs, asthénie et des trous dans la peau là où ils ont été frappés par les rayons. Réapparaît des témoignages, une sorte d'implant invisible léger sous la peau qui gratte et une sorte de chaleur douce localisée. La tétanisation est un point qu'apparaît pour la plupart des victimes qui affirment avoir été immédiatement immobilisées. La particularité actuel de tels tests est qu'ils sont obtenus en plein jour ensoleillé, sans nuages vu que cette technologie avance sans cesse. C'est la même technologie utilisée aujourd'hui, pour arrêter une voiture en plein élan sur une autoroute. Les victimes sont souvent balisées par leurs propres téléphones mobiles ou GPS. Si une victime est attente par un fin bloc de micro-ondes, les symptômes sont : une grande douleur au niveau de la colonne vertébrale intense, comme si une charge électrique se localisait à l'intérieur de la moelle épinière, suivie d'une perte de respiration, due à l'avancement cardiaque, des paralysies musculaires, suivies de perte de connaissance. S'agit de perturbations.

Si la victime ne s'initialise pas un autocontrôle respiratoire dans le calme pour une ventilation du cerveau, elle décède. Les plus visés ce sont les hommes politiques dans le monde, notamment quand ils sont à l'extérieur. Pourrions-nous faire savoir à ces puissances qui se permettent de faire des tests sur les êtres humains que nous ne sommes pas des cobayes.

Ainsi étaient créés les principes fondamentaux bases de toutes les républiques, autrement si cela n'est pas respecté, il sera plus que naturelle la désobéissance générale. Politiquement dit, celui qui ne se sentait pas antifasciste, ni intéressé par la politique, le devient.

C'est d'ailleurs énoncé dans les principes fondamentaux à quel moment le fascisme apparaît lors du non respect des bases fondamentales humaines accordés par le dernier Roi de France peu du temps avant, qu'il apprenne devant une rage populaire qu'il serait décapité. Victime d'un « putsch » lié aux respects des droits de l'Homme et du citoyen auquel la France et ses dirigeants n'ont jamais vraiment respecté, et promu, utilisant la justice comme bouclier garant des mensonges lorsqu'il s'agit d'une mise en cause d'une décision accordée par son dirigeant principal. Alors que l'humanité l'indique ce beau pays étant le miroir du monde.

Aujourd'hui cette région brésilienne de la baie de Marajó est toujours victime de boules lumineuses, qui provoquent des incendies de forêts, décès, paniques et pertes d'argent à cause des effets invisibles liées à la technologie des boucliers antimissiles pour lequel Toulouse a failli disparaître le 21 septembre 2001.

J'incarne le changement, le courage, le respect des êtres, ainsi que l'amélioration des bases fondamentales futures. Pourvu que je ne sois pas décapité à la suite de mon investissement humain.

Je suis l'un des enquêteurs lanceur d'alerte sur ce crime international contre l'humanité, contre la Terre et ses habitants. Qui n'approuve pas cette technologie utilisée dans une guerre climatique intercontinentale qui zombifie les êtres.

J'informe comme d'autres lanceurs d'alertes non connus dans le monde, que cette technologie est le pire des perturbateurs climatiques de notre planète, indiquant ainsi les perturbations dues aux trafics de faisceaux invisibles dirigés au niveau de notre atmosphère et orbite, qui sont devenus les perturbateurs magnétiques terrestres causant notre changement de « comportement » humain.

Mes explications sont claires, tels essais ne se déroulent pas qu'au niveau de la surface terrestre, depuis longtemps il est spatial. Motif naturel auquel je mets en évidence que l'explosion d'AZF était juste une tentative d'acquisissement d'une technologie auquel la France, l'Allemagne, l'Europe ; en septembre 2001, étaient juste en retard d'environs 30 ans. Il sera plus que logique et naturel que l'humanité démontre à ses gouvernants qu'il est temps de créer des nouvelles idées de bases fondamentales humaines. Par ce fait rien ne pourra être fait sans une communication et l'échange participatif impliquant le monde.

Le Grand Toulouse, est une base mondiale importante de pensées décisives. La volonté populaire d'établir la réalité des diverses explosions à Toulouse ne peut pas se faire autre que par l'engagement important de tout le corps civil, afin de compulser à notre actuel Président à présenter les données sismiques militaires. A ce jour ce corps civil se résume à quelques enquêteurs privés inconnus du grand public français. Je ne suis pas fâché contre les journalistes français, je comprends parfaitement ce qu'ils vivent. Je me suis fait certains amis dans ce milieu. Pourtant, avertis par moi-même que tout ce qu'ils auraient tenté de cacher deviendrait leurs propres faiblesses.

Cette libération se réfléchit beaucoup en ce moment.

Il y a chez eux un grand jeu de manipulation de l'information confondue au long de l'affaire. J'ai me suis armé de patience pour exposer une réalité, même si je sais que les mêmes journalistes sont assez informés pour toutes les affaires dans le monde relevant d'histoires d'OVNIS, micro-ondes, tests secrets de tout genre nouveau. L'humanité prêtera plus attention aux lanceurs d'alertes désormais.

- Toulouse AZF & La révolution française lumière - Page 222

L'affaire comme celui de l'île de Colares, ses lumières étranges qui apparaissent n'a rien d'extra-terrestre. Serait-ce le cas, assurons-nous que les diverses nations seraient naturellement unies et mêlés pour comprendre la réalité. C'est humain.

Après avoir témoigné librement, le commandant brésilien Hollanda était retrouvé chez lui sans vie, dans des situations encore étranges. L'humanité a perdu un témoignage important. Je me suis préparé pour survivre afin d'apporter mon témoignage à la nation mondiale intéressée. J'ai apporté des explications importantes sur l'affaire de Toulouse pour la cour d'appel de Paris et la Cour de cassation de Paris. Qu'il y a déjà 14 ans, le juge Roger Le Loire, juge antiterroriste français connait la vérité des sabotages des installations secrètes militaires de Toulouse.

Il a fait comme d'autres ; en tirer des profils personnels de mon témoignage jamais officialisé publiquement.

J'étais le seul à comprendre que tel dossier AZF aurait bien atterri exceptionnellement à Paris, vu les preuves que j'apportais dans le dossier AZF, ainsi que les explications de ma connaissance pour dénoncer la technologie sauvage micro-ondes. Les preuves sont difficilement contestables. En ce moment c'est l'impasse. Se parle déjà des tests micro-ondes dans ce dossier d'AZF, qui ne complètent pas tous les témoignages pour une cohérence. Sauf l'éventuel sabotage, qui fera que la France n'atteigne pas la technologie. Parce que cela implique plein des questions de bases importantes non seulement pour ce que considère la France, mais l'humanité. Je pense que l'homme moderne doit s'occuper plus de notre terre vu qu'il connaît déjà les confins de notre univers. En tous cas il est en phase de grande réflexion mondiale. L'histoire commence à être écrite.

Je répète à dire que grâce à une grande chance, la ville de Toulouse n'aie pas disparu de la carte ce jour de tests secrets. Vu que les divers contenus stockés de la SNPE ont résisté pour la plupart aux divers concours d'électricités qui ce sont retrouvés sous terre. Se consommant justement aux divers et nombreux effets précurseurs observés.

On peut imaginer que le laisser-aller au long des années arrange tout le monde. Qu'AZF est un grand laissé aller général de divers fonctionnements de sécurité. De l'administration, de la mairie, de la préfecture, d'AZF, bref ! De tous, sauf que cela ne répond pas aux divers effets précurseurs observés, qui sont avant tout techniques, et réels, et qui demandent compréhension en divers domaines y compris le domaine politique, d'union franco-allemande signée à Toulouse. Justement ce laisser-aller est grave.

Celui qui croit que nous sommes en sécurité se trompe entièrement. L'administration nous ment sans cesse, et fait payer cher ceux qui la dénoncent.

Toulouse est une immense poubelle chimique, enfouie et à ciel ouvert, les ballastières toulousaines, est un exemple. Dans cette grande zone, on trouve de tout : eaux lourdes, carburants, produits chimiques divers, etc, qui peuvent créer une catastrophe encore plus importante qu'AZF, au cas où Toulouse se retrouverait dans une grande inondation.

Ceux qui tenteront d'alerter la population de l'ensemble des dysfonctionnements, visés les divers responsables des services de la ville censés maintenir la sécurité des citoyens toulousains, auront des difficultés personnelles diverses, pour avoir tiré la sonnette d'alarme.

Je profite à ce fait, je suis libre.

Ceux qui connaissent ces absurdités disent que le réel problème est le manque d'argent, laissant la loi du sauve-qui-peut primer.

Le pire est qu'ils, en particulier ceux qui sont à la tête de la défense des civiles, en produisent eux-mêmes, la pluie et le beau temps ; et le mauvais temps fait partie des défenses spatiales. Management des boucliers antimissiles exige.

- Toulouse AZF & La révolution française lumière - Page 225

Ces boucliers antimissiles ont besoin de leur propre poubelle, surtout là où il existe beaucoup d'ionisation naturelle comme c'est le cas pour l'ensemble de la baie du Marajó.

Il faut décharger l'énergie de beaucoup d'équipements de tout genre quelque part dans le monde. Ils grillent ou explosent s'ils restent chargés long temps.

C'est pour cela que les images de cameras de sécurité de la ville de Toulouse montrant le pôle d'AZF, de la SNPE, d'ailleurs, pour le matin du 21 septembre 2001, furent effacé volontairement.

Autres que les pannes matérielles, les perturbations connues climatiques, les perturbations électromagnétiques terrestres, apportant des maladies nouvelles énoncées dans cet ouvrage, ces parapluies artificiels de défenses militaires qui se déploient dans le monde, antimissiles soi-disant, ils coupent de toutes formes de vie, végétale, animale, humaine, de ce que l'espace nous envoie de plus important.

Ceci constitue l'une des découvertes de Nikola Tesla il y a plus d'un siècle, qu'il a dénommé **les ondes scalaires** ou encore l'énergie libre venant de l'univers.

Cette énergie fait vibrer chaque ADN primordiale de tout être vivant sur notre planète.

- *Toulouse AZF & La révolution française lumière* - Page 226

S'observe dans le monde entier depuis près de 50 ans, une forte baisse d'intensité des pôles magnétiques terrestres conjointement à une importante augmentation de la résonance de Schumann.

Coïncidentes perturbations après l'apparition des premiers ordinateurs modernes.

Effets astrophysiques et/ou électromagnétiques, effets naturels, effets de la mondialisation ou début d'ère pour la programmation artificielle de la nouvelle forme future des êtres terrestres ?

Sommes-nous condamnés à être déconnectés, voués au « zombialisme », par le non-respect des principes fondamentaux, créés pour lutter contre l'ignorance.

Que cherchent-ils les hommes forts politiques du monde, nous protéger, pour nous détruire ? J'ai arrivé grâce à cette réflexion dernière, de croire, et de comprendre pourquoi les journalistes français au long de toutes ses années, ont cachés et négligés mon histoire, mes vécus indécents d'injustice en France, abusé par l'administration et son corps de subordonnés impitoyables comme les préfets, qu'utilisent la loi du 80/20. 80/20 d'incompétents dangereux pour eux-mêmes. J'ai compris qu'ils ont tentaient de me protéger à la fois les journalistes français.

Ceux qui me suivront ne seront ni à la case des 20, ni à la case des 80 pourcents à protéger. Ils seront dans la case des 100 pour cents protégés, par eux-mêmes, grâce à leurs choix.

Que font les dirigeants **de la France, miroir de l'humanité** ?

Colares, Toulouse, plus jamais !

Merci pour cette lecture.

J'espère qu'elle fut un échange, en tout cas, de bons sens.

* FIN *

Je dédie cet ouvrage ;

A la Paix mondiale ;

Pour l'intérêt général de l'humanité.

* *

ACTUALITÉ : Quelques jours seulement après la sortie de ce livre sur Internet, Monsieur François Hollande accepte me rencontrer, il a reçu en main propre une copie de mon livre. J'appréciais son attention, il était sincère, je pense.

Affaire à suivre ... Dans l'histoire...

Remercîments à : Karin, Pauline, Karine, Géraldine, Cécilia, Yohan.

Edition : Carlos Campos Xerfan
Impression : Books on Demand GmbH, Norderstedt, Allemagne
ISBN : 9782953025217
Dépôt légal : janvier 2017